BIJOU,

OU

L'ENFANT DE PARIS,

FÉERIE EN QUATRE ACTES, MÊLÉE DE VAUDEVILLES,

Par MM. G. de Pixérécourt, Brazier et Duvert,

REPRÉSENTÉE POUR LA PREMIÈRE FOIS, A PARIS, SUR LE THÉATRE DU CIRQUE OLYMPIQUE, LE 31 JANVIER 1838.

PERSONNAGES.	*ACTEURS.*
SATANOR, rôle immense.	M. LAURENT.
CHRYSOSTOME, alchimiste.	M. ALPHONSE S.
POIROT, bonnetier de la rue Saint-Denis.	M. SIGNOL.
BIJOU, son fils, mauvais sujet.	Mlle ROUGEMONT.
NICODÈME, domestique de Poirot.	M. LEBEL.
LE PARRAIN.	M. DERONDEAU.
LE BEDEAU.	M. ETIENNE AHN.
UN BRIGADIER.	M. FERDINAND.
UN AUBERGISTE	M. VÉZIAN.
UN GARÇON D'AUBERGE.	M. LÉCOLLE.
UN PAYSAN.	M. PAULINA.
UN AUTRE PAYSAN.	M. MILLOT.
UN BOHÉMIEN.	M. ETIENNE AHN.
MAITRE JOB, frère ignorantin.	M. FERDINAND.
LA SAGESSE, sous le nom de DAHLIA.	Mlle FAIDY.
Mme POIROT.	Mme DUMONT.
UNE ESCLAVE.	Mlle LOUISA.

ENFANS, ECOLIERS, FRÈRES IGNORANTINS, PEUPLE, UNE NOURRICE, DOMESTIQUES, CAVALIERS, PAYSANS, GARÇONS D'AUBERGE, TROUPE DE SINGES, BAYADÈRES, TROUPE DE BOHÉMIENS, GARDES INDIENS, etc.

ACTE PREMIER.

Le laboratoire de l'alchimiste.

SCÈNE PREMIÈRE.

CHRYSOSTOME, *seul.*

Il est enveloppé dans une robe de chambre chargée de figures; il est coiffé d'un bonnet de poil et couché sur un tas de bouquins.

Je ne trouverai donc jamais le secret que je cherche depuis si long-temps avec une persévérance si tenace!... ce secret de la transmutation des métaux, cette science d'Hermès, qui doit changer la face du genre humain. N'atteindrai-je donc jamais ce but si ardemment désiré? serai-je réduit jusqu'à la fin de mes jours à exercer l'astrologie judiciaire, prétendue science à l'aide de laquelle tant de charlatans ont fait fortune, mais qui ne rapporte presque plus rien, attendu que nous sommes trop nombreux à Paris? Ah! si cela continue, le nombre des imbéciles ne sera plus en harmonie avec celui des fripons. Enfin, qui vivra verra! Mais c'est que depuis huit jours je ne vois personne, ma bourse est à sec... Ah! ça va mal! ça va mal!

AIR : *On dit que je suis sans malice.*

Pour voir si la pratique arrive,
Je suis toujours sur le qui vive,
Et pourtant dans tout le quartier
Je passe pour un grand sorcier.
Moi qui dans le destin sais lire,
Qui sais tout dire et tout prédire...
Ah! je voudrais bien deviner
Si demain je pourrai dîner (*bis*).

On frappe.

On frappe! qui va là?

UNE VOIX, *en dehors.*

Ouvrez, maître Chrysostome; c'est votre voisin Pierre Poirot qui a besoin de vous voir.

CHRYSOSTOME.

Haussez le loquet et entrez.

SCENE II.

CHRYSOSTOME, POIROT.

POIROT.

Salut, maître Chrysostome; je vous présente mes respects.

CHRYSOSTOME.

Salut! et Dieu vous garde, maître Poirot, le plus honnête bonnetier de la rue Saint-Denis! Quel bon vent vous amène à mon laboratoire?

POIROT.

Il m'arrive une aventure des plus comiques, des plus bizarres, des plus divertissantes.

CHRYSOSTOME.

Quoi donc, maître Poirot? je ne vous ai jamais vu si guilleret.

POIROT, *gaîment.*

Ma femme est accouchée.

CHRYSOSTOME.

Bah! et de quoi?

POIROT.

D'un enfant, comme vous êtes un galant homme, après sept ans de ménage.

CHRYSOSTOME.

Ainsi vous voilà père.

POIROT.

Le bruit en court. Figurez-vous que c'est une surprise de Mme Poirot. Depuis sept ans elle m'a donné plus de cinquante alertes. Enfin cette fois-ci c'était tout de bon... figurez-vous un enfant magnifique, un amour, un énorme amour! je ne croyais pas Mme Poirot capable d'une production de cette espèce. . Je viens vous consulter au sujet de mon fruit, savoir de vous quelle sera la destinée du bambin.

CHRYSOSTOME.

Rien de plus facile, maître Poirot; mais il faudrait pour cela que je visse le petit être.

POIROT.

Il est sur le pas de votre porte avec sa nourrice et les commères du quartier.

CHRYSOSTOME.

Allez et hâtez-vous.

POIROT.

Oui, grand astrologue... oui, homme immense... je vais chercher mon petit ancêtre, vous lui direz ce qu'il en est.

CHRYSOSTOME.

Partez donc, bavard insupportable!

POIROT.

Il ne vous comprendra peut-être pas, mais c'est égal.

Il sort.

SCENE III.

CHRYSOSTOME, *seul.*

Voilà des hommes comme il nous en faut. Disposons tout pour leur faire croire que je vais lire clairement dans la destinée de ce petit bonnetier.

Il se place comme pour une conjuration.

SCÈNE IV.

CHRYSOSTOME, POIROT, LA NOURRICE, LES COMMÈRES.

POIROT.

Ne bougez pas, il est en conférence avec les diables. (*Chrysostome fait un signe, tout le monde s'approche.*) Nous voilà!

CHRYSOSTOME.

Où est le petit Poirot?

POIROT, *à la nourrice.*

Avancez, nourrice! (*A Chrysostome.*) Le voilà! un amour... Cupidon... il ne lui manque que des ailes et une perruque blonde.

CHRYSOSTOME.

Silence, maître Poirot! vous êtes d'une loquacité fatigante. Quand cet enfant est-il né?

POIROT.

Hier à minuit moins cinquante minutes.

LA NOURRICE.

Pardon, excuse... à minuit cinq minutes.

CHRYSOSTOME.

Tâchez de vous entendre... si le marmot ci inclus est né après minuit, il est né aujourd'hui jeudi, jour funeste, qui n'a jamais vu naître que des niais et des imbéciles.

POIROT, *à part.*

Tiens... tiens... moi qui suis venu au monde la veille du Vendredi saint.

CHRYSOSTOME.

Tandis que si ce petit marmouset a paru avant minuit, il est né le mercredi, jour heureux, jour que les anciens consacraient à Mercure, dieu de l'éloquence et des filous; d'où je conclus que le fils Poirot aura le don de la parole et qu'il sera voleur comme un singe.

POIROT.

Voilà qui me désoblige beaucoup.

CHRYSOSTOME.

Rassurez-vous, maître Poirot, il ne le sera pas plus que vous. Je vois, à ce vaste développement frontal que votre fils aura du génie et de l'ambition; qu'il entreprendra de grands voyages, qu'il aura l'esprit aventureux, le caractère indocile... qu'il sera gourmand, menteur, paresseux, colère, bourru, qu'il vous causera tous les chagrins possibles: voilà les vertus dont il sera doué.

POIROT.

Et les défauts? vous ne m'en parlez pas.

CHRYSOSTOME.

Votre fils aura beaucoup d'aventures et entreprendra de grandes choses.

POIROT.

Il se pourrait! Mon fils! mon cher fils accomplirait des choses d'une dimension!... enfin des choses...

CHRYSOSTOME.

Étonnantes, maître Poirot. Je dois vous prévenir qu'il méprisera souverainement la profession de son père.

POIROT.

Et il aura raison. Je le vois déjà à l'âge de vingt ans, peut-être pape, ou huissier au Châtelet, ou roi de la côte de Coromandel, ou écrivain public. Qui sait? O mes ignobles aïeux! tas de bonnetiers que vous faites! ce n'est pas vous qui auriez eu l'idée d'engendrer une créature aussi étonnante... Vous êtes donc tous nés le jeudi, malheureux que vous êtes?...

CHRYSOSTOME.

Quel nom voulez-vous lui donner?

POIROT.

Ça regarde le parrain et la marraine. J'ignore pourquoi ils ne sont pas arrivés. Poupoule était d'avis de nommer notre fils Annibal ou Cadet... cela m'a paru absurde; j'aurais mieux aimé Zozo, Zizi...

LES COMMÈRES, *riant.*

Ah! ah! ah! ah!...

POIROT.

Eh bien! proposez-m'en un meilleur.

LA NOURRICE.

Il me semble que Jacot serait préférable.

POIROT.

Oh! Jacot! Grand Dieu! Jacot! Madame Chalamel, vous qui êtes une femme d'esprit! je ne vous reconnais pas là... ce que vous proposez est bête comme un pot.

AIR *du Comte Ory.*

Nous avons le cœur trop noble,
De nous qu'est-ce qu'on dirait?
Jacot est un nom ignoble,
C'est un nom qui me déplaît,
C'est celui d'un perroquet...
Jacot, ce nom ferait rire;
Je ne veux pas, en un mot,
Qu'au fils de maître Poirot
Personne ait le droit de dire:
As-tu déjeuné, Jacot? (*bis.*)

CHRYSOSTOME.

Silence, tout le monde! (*Il lit.*) «Le nom le »plus salutaire à un enfant est celui que lui donne »l'affection de ses parens.» Vous chérissez votre fils?

POIROT, *le regardant.*

Je vous le demande? Mme Poirot a été sept ans à me le composer... si je le chéris? un amour!

CHRYSOSTOME.

Appelez-le Bijou.

POIROT.

Bravo! oh! le joli nom, Bijou! Poupoule sera aux anges... elle est capable de m'en donner un second tout de suite... elle est si sensible!... Bijou! ah! merci, grand astrologue. (*Aux commères.*) Allons, femmes, à l'église! Ah! voilà le parrain.

SCENE V.

CHRYSOSTOME, POIROT, LE PARRAIN, LA NOURRICE, LES COMMÈRES.

LE PARRAIN.

Arrêtez, nous ne pouvons pas baptiser le petit aujourd'hui.

POIROT.

Ah! mon Dieu! et pourquoi?

LE PARRAIN.

La marraine vient de se trouver mal subitement.

POIROT.

Alors, il faut remettre le baptême à demain.

LE PARRAIN.

Impossible! c'est demain vendredi.

UNE COMMÈRE.

Qu'est-ce que ça fait?

POIROT.

Ça fait beaucoup; il faut consulter le devin. (*A Chrysostome.*) Grand astrologue, que pensez-vous de cela?... Dois-je faire baptiser mon fils demain? le vendredi est-il un jour aussi désastreux qu'on le dit?

CHRYSOSTOME.

Il y a du pour ou du contre: celui qui se casse un bras ou une jambe le vendredi a le droit de considérer ce jour-là comme très-malheureux.

POIROT.

Vraiment?

CHRYSOSTOME.

Mais celui qui hérite de vingt mille livres tournois doit, au contraire, regarder le vendredi comme un jour favorable.

POIROT.

Comme il parle cet homme là! quel puits de science!... Allons, c'est décidé, mon fils sera baptisé demain vendredi; je foule aux pieds les préjugés, je les écrase comme des colimaçons. (*Au parrain.*) Compère, puis-je compter sur vous?

LE PARRAIN.

C'est à vos risques et périls; il ne faut pas jouer avec ces choses-là.

POIROT.

Ne craignez rien, les prédictions de maître Chrysostome sont gravées là; je défie l'enfer tout entier, Astaroth, Belzébut et toute la clique infernale, d'empêcher mon fils de faire des choses gigantesques qui lui sont prédites. O grand homme! permets que je dépose à tes pieds l'hommage de ma reconnaissance : voilà dix livres tournois ; est-ce assez pour tout ce que tu promets à mon cher Bijou? si ce n'est pas assez, dis-le, je n'ai plus d'argent sur moi, mais...

CHRYSOSTOME.

C'est plus qu'il n'en faut; le sage vit de peu; vous me redevez quinze livres.

POIROT.

Je vais vous les envoyer par mon premier garçon.

CHRYSOSTOME.

Ce n'est pas la peine, je ne veux pas.

POIROT.

Si, si.

CHRYSOSTOME.

Je passerai chez vous les prendre ce soir.

POIROT.

Homme désintéressé, va!

CHRYSOSTOME.

Adieu, maître Poirot.

POIROT.

Salut, maître Chrysostome. (*A part.*) C'est égal, je lui enverrai deux douzaines de bonnets de coton ornés de leurs mèches. (*Haut.*) Venez-vous, vous autres?

AIR :

Que tout soit prêt demain
Matin !
Pour aller à l'église,
Et de retour au magasin,
Qu'on se grise
Soudain.
Je vous ferai cadeau
Des choses obligées ;
Il pleuvra des dragées,
S'il ne tombe pas d'eau.

TOUS.

Que tout soit prêt demain, etc.

Ils sortent. Le théâtre représente une rue du vieux Paris.

SCÈNE VI.

On entend un bruit souterrain, une muraille s'ouvre, Satanor paraît.

SATANOR, *seul, riant aux éclats.*

Ah! ah! ah! c'est par ici que doit passer le cortége. (*D'une voix forte.*) A moi ce jeune enfant! Insolent boutiquier, tu veux faire l'esprit-fort, tu as osé défier la puissance infernale... ton enfant m'appartiendra; je lui inspirerai tous les vices, je le pousserai aux plus coupables excès ; puis j'apparaîtrai pour recueillir son ame et le livrer à l'enfer que tu as défié.

Ici on entend dans le lointain le commencement de *Pâques-Fleuries*, dans *Fra Diavolo;* c'est l'annonce du baptême; Satanor se change en vieille mendiante et s'assied sur un banc de pierre.

SCÈNE VII.

POIROT, LE PARRAIN, LA MARRAINE, AMIS *des deux sexes*, ENFANS, CURIEUX, *qui suivent le cortége*, SATANOR, *en vieille femme, assis sur le banc.*

CHOEUR.

AIR *de Pâques-Fleuries.*

Pour ce baptême
Chacun accourt,
Car c'est un jour
Que chacun aime.
A ce baptême
Comme on rira!
Comme on boira!
Voici... voici
Ce jour si joli.

POIROT, *à la nourrice qui tient l'enfant.*

Tenez-le bien, nourrice, tenez-le bien! ce cher amour, je n'ai que celui-là; ne le laissez pas tomber; s'il me fallait encore attendre sept ans pour en avoir un autre, voyez où cela nous mènerait?... Voilà une troupe d'enfans qui me courent dans les jambes. Attendez donc, bambins. (*Il leur jette des dragées.*) Tenez, tenez, voilà des prâlines... cherchez par terre. On ne dira pas que je leur tiens la dragée haute.

LES ENFANS, *criant.*

Vivent les Poirots!

SATANOR, *tirant Poirot par le pan de son habit.*

N'oubliez pas une pauvre femme infirme, s'il vous plaît.

POIROT.

Mes enfans, vous dites, vivent les Poirots! c'est bête, ça a l'air d'un mauvais calembourg... Dites vive M. Poirot, tout court.

LES ENFANS, *criant.*

Vive M. Poirot tout court!

POIROT, *leur jetant des dragées.*

Allons, allons, c'est bien!

SATANOR, *tirant encore Poirot par son habit.*

N'oubliez pas une pauvre femme infirme!

POIROT, *se retournant de mauvaise humeur.*

Ah çà! n'allez-vous pas bientôt finir, la vieille? On ne peut pas faire un pas sans trouver un pauvre dans ce Paris. Éloignez-vous, je n'aime pas les mendians. Au diable, la vieille! au diable!

Il s'éloigne de Satanor.

LES ENFANS.

Ah! monsieur Poirot, des dragées encore!

POIROT, *riant.*

Petits gourmands que vous êtes! que c'est onéreux la paternité! En voilà des dragées!

Il jette une poignée de dragées aux enfans.

SATANOR.

Qu'elles soient aussi noires que ton ame! aussi amères que tes paroles !

Les enfans ramassent les dragées, qui deviennent noires dans leurs mains.

LES ENFANS.

Ahé! ahé! ah! le vieux ladre! le vieux cancre! Il nous a trompés... Ahé! ahé!

POIROT, *prenant une dragée.*

Comment! comment! voyons, que j'en croque une. (*Il la met dans sa bouche.*) Ah! pouach! c'est amer comme chicotin. (*Les enfans foulent aux pieds les dragées, qui font explosion; ils jettent des cris de frayeur, ramassent des pierres et les lancent sur la foule. La nourrice effrayée pose l'enfant sur le banc où s'est assis Satanor, et cherche à lui faire un rempart de son corps. Poirot effrayé.*) Nourrice, sauvez mon fils, et je vous promets des bonnets de coton pour le restant de vos jours. Arrêtez, petits scélérats, arrêtez! (*Les enfans l'accablent d'une grêle de pierres.*) Ces enfans n'ont aucune espèce d'éducation.

UN ENFANT, *le tirant par l'habit.*

Nous voulons t'assommer, vieux grigou, qui nous donnes des dragées d'attrape.

POIROT, *hors de lui.*

Maudit marmot! que le diable t'emporte!

SATANOR, *en riant, à part.*

Ton vœu sera exaucé!

SCENE VIII.

SATANOR, POIROT, LE CORTÉGE, SOLDATS.

Soldats! mes braves soldats, arrêtez ces petits misérables qui nous lapident. Je suis couvert de contusions; demain j'aurai le corps noir comme votre chapeau : quel spectacle pour Mme Poirot! (*Les soldats chargent les enfans, qui s'éloignent en huant toujours Poirot et ses amis. Satanor est resté sur le banc pendant le tumulte; il a fait une forte conjuration sur le berceau. Poirot tout essoufflé.*) Enfin nous en voilà débarrassés, estimables tristes-à-pattes: je n'ose pas vous proposer de l'argent, mais si un léger sixain de bonnets de coton pouvait vous être agréable...

LE CHEF.

Il nous est défendu de rien accepter.

SCENE IX.

SATANOR, POIROT, LA NOURRICE, LE PARRAIN, *et tout* LE CORTÉGE.

LE PARRAIN.

Dieu! quelle scène, ça m'a tourné la tête.

POIROT.

Pourvu que ça ne tourne pas le lait, nourrice? (*Elle prend l'enfant sur le banc.*) Allons, c'est égal, allons à l'église; ce n'est pas sans peine que nous serons parvenus à faire baptiser ce malheureux enfant.

LE PARRAIN.

Vous voyez, Poirot, ce que c'est que le vendredi.

POIROT.

C'est vrai, mon compère, je n'aurais jamais cru cela... Quel bonheur encore qu'il n'y ait qu'un vendredi par semaine; s'il y en avait plusieurs, on ne saurait où se mettre. Allons, en marche, et espérons que le diable ne s'en mêlera plus.

SATANOR, *à part.*

Tu comptes sans ton hôte, bonnetier de malheur.

Le cortége se remet en marche, la nourrice reprend l'enfant et se place derrière le parrain; les amis forment le cortége. Satanor a quitté l'habit de vieille mendiante et a repris la forme du démon; l'enfant a reparu sur banc.

SCENE X.

SATANOR, *seul.*

Ton fils est à moi... le voilà!

Il emporte l'enfant et disparaît à travers la muraille en riant aux éclats.

SCÈNE XI.

LES MÊMES, *excepté* SATANOR; LE BEDEAU.

Le théâtre change et représente la façade d'une église gothique, dont les portes sont fermées; on entend dans l'intérieur des chants religieux, accompagnés par l'orgue et le son des cloches; le cortége arrive par la droite dans l'ordre où il marchait au tableau précédent; dès qu'il paraît, les portes de l'église s'ouvrent et laissent apercevoir la nef éclairée par des cierges; à gauche du spectateur, sont les fonts baptismaux, près desquels se tiennent le suisse et le bedeau. Poirot est très-affairé: il va et vient, il prend la nourrice par le bras et l'amène vers l'église.

CHOEUR DE JOSEPH.

Dieu tout puissant, soutien de l'innocence,
Un faible enfant s'est présenté,
Répands sur lui ta clémence,
Nous n'espérons qu'en ta bonté.

POIROT.

Ici! ici! c'est là que mon fils Poirot va entrer dans le giron de l'église... Pauvre petit Poirot, j'en pleure de joie. (*Au bedeau.*) Mon ami, je désire que ce baptême fasse époque; je vous prie de mettre en branle toutes les cloches de Saint-Jacques-l'Hôpital.

LE BEDEAU.

Avec plaisir, mon brave bourgeois; mais vous n'oublierez pas le sonneur.

POIROT.

C'est juste! voilà deux pièces de six sous; faites nous un sabbat de tous les diables.

LE BEDEAU.

M. le vicaire va venir; en attendant découvrez le néophyte.

POIROT, *à la nourrice.*

Non seulement le nez, mais tout le visage.

LE BEDEAU.

C'est ce que je dis.

POIROT.

Comment? Ah! le néophyte...j'entendais: Découvrez le nez au fils. Bien! bien! Si un léger sixain de bonnets de coton peut vous être agréable, je vous l'offrirai avec grand plaisir; car on doit s'enrhumer facilement dans cette immense basilique. Je vous offrirais bien des calottes; mais je n'en tiens pas.

CHOEUR DE JOSEPH.

La nourrice soulève le voile qui couvrait l'enfant ; elle trouve sous son bras un petit squelette tout noir et jette un cri ; tout le monde crie avec elle. Stupeur générale.

POIROT.

Mon fils! Ah! grand Dieu! le diable me l'a changé!

CHOEUR.

AIR *de l'Orage du Barbier.*

Quel événement!
Quel changement
Epouvantable!
Oui, c'est Lucifer,
Oui, c'est l'enfer
Qui nous accable.

POIROT.

Lui, si beau, si blanc,
Noir, à présent!
Ça l' défigure.
Ah! quel démon m'a
Barbouillé ma
Progéniture?

CHOEUR.

Quel événement, etc.

Pendant le chœur, tout le monde se sauve effrayé. Satanor paraît tenant l'enfant dans ses bras et riant aux éclats.

SCENE XII.

SATANOR, *seul.*

Stupide mortel! je te rends ton fils maintenant; il est marqué du sceau de l'enfer, garde-le jusqu'à l'âge de quinze ans; après ce sera mon tour.

Il rit aux éclats et disparaît sous terre à travers les flammes. Le théâtre représente une forêt.

SCENE XIII.

NICODÈME, *entrant vivement et se tournant vers la cantonnade.*

Eh! non, que j' n'irai plus à vot' école! l' plus souvent! Depuis six ans qu' ça dure, c'est ennuyant à la fin! et tout ça parc' que maître Poirot a z'un fils de mon âge, qu'est paresseux comme une marmotte et têtu comme un âne rouge. Parc' que mon père, qu'est l' métayer de M. Poirot n' peut pas payer ses fermages, faut que j' paie pour lui! y m'a mis auprès du petit bonnetier pour être son souffre-douleurs! C'est-y juste, ça? non, c'est embêtant! de quelque côté que je me tourne, je n' vois que des triques, des martinets, des houssines et des nerfs de bœuf. Primo, j' sis battu par Bijou chaque fois que j' fais pas ses volontés; deuxio, j' sis rossé par son père et sa mère quand il répond mal, ou qu'y désobéit, ou qu'y n' fait pas bien ses thèmes; troicio, j' suis échiné par mon père chaque fois que j' viens m' plaindre. Eh bien! non, je n' veux plus d' ça; plutôt que de le supporter davantage, j'ai résolu de m' périr de fond en comble; j' veux m' tuer ou m' noyer. Se noyer avec le ventre creux, c'est malsain. Je voudrais dîner, car j'ai un appétit féroce; je voudrais manger du porc aux oignons; faudra-t-il que je finisse ma pauvre carrière sans en avoir mangé? Il me semble que je m'engourdis, que je m'abîme. Asseyons-nous là, et tâchons de faire un somme. Qui dort dîne. quand je serai bien rassasié, je m'anéantirai, je me périrai, je disparaîtrai du globe pour me transvaser dans l'autre monde. (*Il s'endort; un tronc d'arbre placé devant lui se transforme en une table sur laquele apparaissent successivement des mets recherchés et des fruits magnifiques; on y distingue un cochon de lait entouré d'oignons. Nicodème rêve tout haut, et dit :*) Ah! ah! ah! ah! du porc frais! oh! que ça sera bon avec des oignons à l'entour! Mon Dieu! pardonnez-moi ma faiblesse, je suis un fameux gourmand, mais c'est plus fort que moi.

AIR :

Je n' rêve que porc frais!
C'est ma seule folie ;
Le porc poursuit ma vie!
N'en mang'rai-je donc jamais?
Dieux! il me semble que j'y mord,
Qu'il arrive à ma bouche!
Oui, je sens que je touche
Au porc.

Sa figure exprime la joie et le bonheur de la gourmandise satisfaite ; un bouquet de cactus sort de terre; une des fleurs s'ouvre et laisse voir un beau verre de cristal; l'autre en se développant présente un flacon remplit de vin rouge qui de lui-même se renverse et remplit le verre; Nicodème étend le bras, comme pour le saisir, mais les fleurs se referment et le bouquet disparaît; la table a repris sa première forme de tronc d'arbre; Nicodème fort agité s'éveille.

Eh bien! eh bien! qu'est-ce que c'est? C'était donc un rêve, une menterie? oui! (*Il se frotte l'estomac.*) Je sens là que c'était une menterie! Allons, c'est dit ici qu'il faut que je me périsse; ma cravate et une branche d'arbre, voilà mon affaire! (*Après une pause, et après avoir ôté sa cravate.*) Quel beau jeune homme que je vais détruire! C'est égal, il me semble que je serai plus heureux dans l'autre monde que dans celui-ci. Il est impossible qu'il n'y ait pas là-bas du porc aux oignons. (*Il plie sa cravate en forme de corde, et s'approche d'un gros chêne pour attacher la cravate à une branche; en tournant à droite, il aperçoit un paysan à la cantonnade.*) Qu'est-ce que c'est donc que ce rougeaud que j' vois là-bas? on dirait qu'il mange une tartine de lard. Est-il heureux d' manger du porc! (*Il s'éloigne de l'arbre.*) Dis donc, hé! chose! veux-tu m' donner de ton lard?

SCENE XIV.

NICODÈME, SATANOR, *en paysan.*

SATANOR.

Eh! non, que j' t'en donnerai pas.

NICODÈME.

Eh ben! j' vas t' la prendre. (*Il poursuit Satanor, qui s'élance sur l'arbre et disparaît aux trois quarts; Nicodème le retient par le pied.*) Ah! tu crois peut-être que j' sais pas grimper à l'arbre? v'là c' qui t' trompe; j'attrape les écureuils à la course. Gare à toi, rougeaud!

Il tire de toutes ses forces par le pied Satanor qui glisse à terre sous la forme d'un énorme nain.

SCENE XV.

SATANOR, *sous la forme d'un nain*, NICODÈME.

NICODÈME, *tirant de toutes ses forces.*

A la garde! à la garde! qu'est-ce que c'est que ce monstre-là? Grâce! grâce? ne me faites pas de mal. (*Il se jette à plat ventre; Satanor se met à danser; au bout de quelque temps, Nicodème risque de lever la tête.*) Tiens, tiens, a-t-on jamais vu!... Dites donc, gros père, pourquoi que vous cabriolez comme ça?

SATANOR.

Parce que je suis content; il y a trois cents ans que je dors sur cette branche.

NICODÈME.

Trois cents ans! c'est vrai? (*Il regarde.*) Tiens, l'autre n'est plus sur l'arbre! qu'est-ce qu'il a donc fait? (*A Satanor.*) Trois cents ans! oh! la! là! quel somme! vous devez avoir la crampe! Qu'est-ce qui vous a mis là?

SATANOR

La vieille fée Ragotte, dont j'ai refusé d'être le mari.

NICODÈME.

Condamner un beau jeune homme à percher pendant trois cents ans comme un chardonneret!

SATANOR, *se remettant à danser.*

Dansons!

NICODÈME.

Merci. J' sais pas danser, en voilà assez. Il est vrai que ça vous déraidit les jambes, vous deviez en avoir besoin. S'en donne-t-il! s'en donne-t-il! c'est amusant de l' voir tricoter; là! là!...

Il lui frappe sur l'épaule.

SATANOR, *s'arrêtant.*

Que puis-je faire pour toi? Commande à ton esclave.

NICODÈME.

Vous êtes mon esclave, vous? par exemple! c'te bêtise!

SATANOR.

Encore une fois, commande, et tu verras : je sais tout faire.

NICODÈME, *à part.*

Voyons! si c'est vrai, j' vas ben t'attraper! (*Haut.*) Sais-tu faire la cuisine?

SATANOR.

Comme celui qui l'a inventée.

NICODÈME.

Eh bien! sers-moi tout de suite du porc aux oignons, un gros plat, car je meurs de faim.

SATANOR.

Voilà! regarde!

Il lui montre à gauche un énorme plat de porc aux oignons.

NICODÈME.

En v'là un fameux, tout d' même! v'là de quoi avoir au moins douze indigestions en votre honneur. (*Il fait le tour du plat en goûtant la sauce avec le bout du doigt.*) Oh! que c'est-y bon! j' vas-t-y m'en donner à gogo! (*Il se met à genoux pour flairer; en ce moment le plat se développe et devient une voiture d'oignons traînée par deux cochons qui entraînent rapidement Nicodème.*) Oh! monstre de nain! farceur de nain! vieux scélérat, tu m' paieras ça! va! Si jamais tu dépends de moi, je ne te dépendrai pas!

SCENE XVI.

MAITRE JOB, NICODÈME, *puis* BIJOU, ÉLÈVES.

Le théâtre change et représente une vaste salle de collége; les élèves, au nombre de 25 ou 30, sont rangés autour de la salle; maître Job est en chaire au lever du rideau et fait l'appel.

UN ÉLÈVE, *entrant.*

Voilà le précepteur, maître Job mettons tout en place.

MAITRE JOB.

Ah! à la bonne heure! j'aime à vous voir ainsi tranquilles : vous aurez tous des billets de contentement. Gaudichet, Barbichon, Maillochet, Jobardin, Criquet... (*A chaque nom qu'il appelle, l'élève répond : Présent.*) Bijou Poirot.

LES ÉLÈVES.

Il n'y est pas.

BIJOU, *en dehors.*

Ahé! ahé!

UN ÉLÈVE.

Le voilà.

MAITRE JOB.

Oui, il paraît en bonne disposition! Eh bien! malhonnête! est-ce ainsi qu'on entre en classe?... Otez votre chapeau.

BIJOU.

Maman me l'a défendu, je suis enrhumé.

Il va s'asseoir.

MAITRE JOB.

Toujours quelque motif pour désobéir.

Les élèves rient et causent; moment de tumulte.

SCENE XVII.

LES MÊMES, SATANOR, *sous les traits de Domingue, arrive comme un écolier, avec un carton en bandoulière, son petit panier au bras et une tartine de fromage blanc à la main. Son entrée excite un rire universel.*

MAITRE JOB.

Vous arrivez à une belle heure, monsieur Domingue!

DOMINGUE.

Ça n'est pas ma faute, monsieur Job, c'est parce que ma bonne...

BIJOU.

Sa bonne n'a pas eu le temps de le débarbouiller. (*Tous se mettent à rire.*) Mais au fait, je ne veux pas qu'on se moque de lui, ce pauvre Domingue! s'il est nègre, c'est la faute de sa peau, pas autre chose! et je déclare que ceux qui le punissent sont des imbéciles et des paltoquets.

MAITRE JOB, *à Domingue.*

Quel langage!... allez-vous mettre à genoux.

SATANOR.

Tu me le paieras!

BIJOU.

Il y a trop long-temps que ça dure, les maîtres m'ennuient!... à bas! à bas les maîtres! ça va-t-il?...

TOUS.

Oui! oui!

BIJOU.

A bas la grammaire!

TOUS.

A bas la grammaire!

BIJOU.

A bas les professeurs!

TOUS.

A bas les professeurs!

BIJOU.

Congé!

TOUS.

Congé!

SATANOR.

Bon! bon! ça marche.

AIR : *Allez courir, mes belles.*

CHOEUR.

Amis, vite une émeute!
Poursuivons cette meute
De sots et de pédans!
Plus de dictionnaire!
Au diable la grammaire!
Et vivent les enfans!

BIJOU.

En avant les casquettes!
Au diable les banquettes!
En l'air tous les bouquins!
A la porte le maître!
Le grec par la fenêtre!
Au feu les vers latins!

SCENE XVIII.

LES MÊMES, PLUSIEURS PROFESSEURS *armés de martinets.*

Les six professeurs s'asseyent dans les stalles qui sont sous la chaire.

MAITRE JOB.

Mes petits messieurs, maintenant nous allons voir.

BIJOU, *se moquant d'eux.*

Ah! ces têtes! ces têtes!

MAITRE JOB, *prenant brutalement Bijou sous son bras et se disposant à lui administrer le fouet.*

Monsieur Bijou, c'est vous qui suscitez ces clameurs indécentes, vous allez payer pour tout le monde. Il faut un exemple, je vais vous le montrer, vous allez voir, messieurs.

BIJOU.

Qu'est-ce qu'il y a donc? voulez-vous bien me laisser?

MAITRE JOB.

Mais, Dieu merci, voici votre respectable mère.

BIJOU.

Elle arrive bien à propos.

SCENE XIX.

LES MÊMES, M. et Mme POIROT.

POIROT.

Qu'y a-t-il, maître Job? vous m'avez prié de passer aujourd'hui, et je viens avec Poupoule pour savoir de quoi il détourne.

MAITRE JOB.

Venez, malheureux père. Je me vois forcé de fustiger votre fils *coràm populo*, puis de le chasser de ma classe.

Mme POIROT, *alarmée.*

Est-il possible, mon Bijou, que tu fasses de pareilles choses?

POIROT.

Tu veux donc me faire maigrir?

Mme POIROT.

Mais qu'a-t-il donc fait, maître Job?

MAITRE JOB.

Des horreurs, madame, des horreurs.

POIROT.

Mon enfant, il y a un raisonnement bien simple à te faire : écoute ta mère.

Mme POIROT.

Dis-moi, Bijou? tu ne nous aimes donc pas?

BIJOU.

Si maman; mais ce n'est pas une raison pour que j'aime les pédans que vous m'avez donnés pour maîtres.

Mme POIROT.

Songe donc, mon ami, que nous ne voulons que ton bonheur; depuis que tu es né je n'ai qu'un désir, qu'une pensée, c'est l'avenir de mon Bijou.

POIROT.

Et moi idem... écoute ta mère.

BIJOU, *un peu ému.*

Oh! non, jamais je ne voudrais vous faire de peine.

Mme POIROT.

Eh bien! pourquoi ne travailles-tu pas à contenter tes maîtres?

BIJOU.

C'est... c'est que...

POIROT.

Écoute ta mère; comme elle parle, cette femme-là! j'en pleure. Quel dommage qu'étant toute petite, on ne l'ait pas attachée au barreau!

Mme POIROT.

Tu as peut-être cédé à l'influence de quelques mauvais conseils?

BIJOU.

Oh! non, maman; je n'ai qu'un ami, le voilà, un bon garçon, Domingue,

POIROT.

Il est bien noir, c'est peut-être un nègre ?

MAITRE JOB.

Oh ! ce n'est pas Domingue qui lui donne de mauvais conseils... c'est un bon sujet dont nous sommes fort contens.

Mme POIROT, *se levant.*

Allons, maître Job, je suis sûre que mon Bijou, avec les conseils et les bons exemples de Domingue, ne nous donnera plus à l'avenir aucun sujet de plainte... n'est-ce pas, Bijou?

BIJOU, *hésitant.*

Maman...

SATANOR, *tout bas.*

Promets toujours, cela n'engage à rien.

POIROT.

Écoute ta mère, mon enfant ! écoute ta mère ! elle parle très-bien... moi, je suis fort ému, je voudrais m'asseoir et pleurer dans un petit coin.

Mme POIROT.

Embrasse-moi.

POIROT.

Embrasse ta mère, Poirot ! je pleure comme un méprisable veau, je tourne au stupide.

SATANOR, *à part.*

Est-ce que nous allons tourner au sentiment ? ça commence à m'impatienter.

Il fait un signe, la perruque et l'habit de Poirot s'enveloppent par un pouvoir magique; la culotte disparaît par le bas pendant qu'il lève la tête pour ressaisir sa perruque ; il reste en caleçon et la tête chauve ; la robe de Mme Poirot disparaît ; elle reste en camisole de nuit ; le fou rire s'empare des élèves.

POIROT, *avec un effroi comique et fort embarrassé de sa personne.*

Ah ! mon Dieu ! qu'est-ce que c'est que ça ? qu'est-ce qui m'arrive ? Ma perruque ! ma culotte !

Mme POIROT, *tendrement alarmée.*

Mon mari ! ah ! quelle horreur !

POIROT.

Ma femme en costume de nuit ! je suis saisi.

LES ÉLÈVES.

Ah ! le père à Bijou ! la mère à Bijou !

MAITRE JOB.

Silence, polissons ! silence !

POIROT.

Ah ! maître Job ! mon pauvre maître Job ! dans quel piteux état...

Les enfans éclatent de plus belle.

MAITRE JOB.

Ah ! vous ne voulez pas finir ! Mes frères, tombez à coups de martinet sur ces petits ânes.

LES ÉLÈVES.

Anes vous-mêmes ! tiens !

SATANOR, *à part.*

Bonne idée !

Au moment où les professeurs vont quitter leurs stalles et lèvent les martinets, ils sont changés en ânes ; maître Job partage aussi cette métamorphose ; les enfans ramassent les martinets, prennent les ânes par le col, et les font danser.

Mme POIROT.

Ah ! je me meurs.

POIROT.

Pas encore, poupoule !

Brouhaha. Danse burlesque. — 6me et dernier tableau, vue de Montmartre.

ACTE DEUXIEME.

Une chambre chez Poirot ; dans le fond, au milieu, une armoire ; à droite de l'avant-scène, une chiffonnière haute de 3 pieds, et large de 18 pouces en tous sens ; à gauche, un secrétaire à cylindre. — Au lever du rideau, le théâtre est sombre ; on entend la voix de Poirot en dehors, il crie : *Au voleur ! au voleur !* on a forcé ma caisse.

SCENE PREMIERE.

SATANOR, BIJOU, *portant des sacs d'argent et venant de la gauche.*

SATANOR.

Viens, viens, n'aie pas peur.

BIJOU.

Entends-tu mon père qui crie?

SATANOR.

Laisse-le crier ; les pères crient toujours. D'ailleurs tu as perdu, il faut payer ; tu es fils unique, c'est ton bien que tu prends.

BIJOU.

Tu crois ? ce bon Domingue ! il a des raisonnemens... Je suis joliment content tout de même de t'avoir rencontré dans cette maison de jeu ; sans ton conseil, je ne savais que devenir, je n'avais plus le sou.

SATANOR.

Le moyen était bien simple.

BIJOU.

C'est vrai !

AIR *d'Arveld.*

Et par bonheur, moi, je suis fils unique,
Tout m'appartient ou tout m'appartiendra ;
Le magasin, la maison, la boutique,
Le revenu, la ferme et cœtera...
Mon père est bon, mais il est un peu chiche,
Je ne dois pas pour lui m' sacrifier ;
Lorsque l'on n'a qu'un père, et qu'il est riche,
Le plus prudent est d'en faire un caissier.

SATANOR.

A la bonne heure! tu commences à me comprendre; tu fais des progrès.

BIJOU.

Cependant, si papa Poirot me trouvait avec ses écus, il ne serait pas content.

SATANOR.

Que t'importe! Pourvu que tu aies de l'or pour t'amuser, ne t'inquiète donc pas du reste. Tout pour toi, rien pour les autres, c'est ma maxime à moi, et c'est la bonne! (*Il rit.*) Eh! oh! eh!

POIROT, *dans la coulisse.*

Poupoule, tu n'as vu sortir personne de la maison?

Mme POIROT.

Personne, mon bichon!

POIROT.

Alors nous tenons les voleurs! ils ne peuvent être que dans mon cabinet. Ah! scélérats! nous vous tenons!

BIJOU.

Il vient ici, par où fuir? nous sommes bloqués.

SATANOR, *levant le dessus d'une chiffonnière placée à droite, presque sur l'avant-scène.*

Ne crains rien! dans ce meuble!

BIJOU.

Mais toi?

SATANOR.

Va toujours; bien fin qui me prendra!

Bijou saute lestement dans la chiffonnière, dont Satanor baisse le dessus; puis il entre dans le secrétaire qui est de l'autre côté; ils disparaissent tous deux; le secrétaire se transforme en canapé : Poirot entre.

SCÈNE II.

POIROT, Mme POIROT, BIJOU, SATANOR, DOMESTIQUES.

Poirot est en robe de chambre avec un haut bonnet de coton; Mme Poirot est en déshabillé ridicule.

POIROT.

Au voleur! où sont-ils? Eh bien! personne! Comment, je suis volé, pillé, saccagé, dilapidé, et je ne puis mettre la main sur les malfaiteurs? Je pose en fait qu'il n'existe pas sous la calotte des cieux, et même en Europe, un bonnetier aussi dégommé que moi! (*A demi-voix.*) Silence! j'ai entendu... voyons, dans cette armoire. (*Il l'indique; on l'ouvre.*) Rien!

Mme POIROT.

Pourquoi n'as-tu pas pris ton fusil, bichon?

POIROT.

C'est ça, pour que les voleurs me le prennent! Voyons dans le secrétaire! Pourquoi a-t-on apporté ce canapé à la place de mon secrétaire? Ah! poupoule, il se passe ici des choses bien extraordinaires! et quand je pense à ce qui est arrivé à maître Job et à ses six collègues, qui courent maintenant la campagne sous une forme pittoresque; quand je vois notre mobilier changer de place, nos meubles jouer aux quatre coins, je me trouve au milieu, comme c... De quoi ai-je l'air, je te le demande?

Mme POIROT.

Calme-toi!

POIROT.

Quelle désolation! Bien certainement ces misérables ne sont pas ici; alors ils sont ailleurs; cherchons encore, et fermons bien les portes. Poupoule, passe devant, puisque tu tiens la lumière.

Ils sortent tous et referment la porte à double tour; Bijou et Satanor reparaissent et se moquent d'eux.

SCÈNE III.

SATANOR, BIJOU.

SATANOR.

Cherche, cherche, vieux ladre!

BIJOU, *soulevant le dessus de la chiffonnière et riant aux éclats.*

Ah! ah! ah!

POIROT, *en dehors.*

Je les entends! Poupoule, rentrons, passe devant, puisque tu tiens la lumière. Ah! les brigands! ils rient! ils osent rire!

SCÈNE IV.

LES MÊMES, POIROT, Mme POIROT.

POIROT.

Je suis sûr qu'ils sont ici; j'ai entendu rire!

Mme POIROT.

Tu t'es trompé, bichon!

POIROT.

Voilà mon secrétaire revenu! j'ai la berlue ou le diable s'en mêle! (*On frappe.*) Qu'est-ce que c'est?

UN DOMESTIQUE.

C'est une caisse de marchandises que nous expédions pour le Havre.

POIROT.

Pourquoi l'avoir apportée ici?

LE DOMESTIQUE.

Pour que vous puissiez vérifier si la facture est exacte.

POIROT.

C'est bien! allez-vous-en! Ah! mais tout ça ne m' fait pas rentrer dans mon argent. Cherchons derechef, fouillons dans les plus petits meubles.

Mme POIROT.

Dans ma chiffonnière?

POIROT.

Je vais regarder dans tous les tiroirs.

Mme POIROT, *ouvrant les huit tiroirs qui sont en face du spectateur.*

Rien!

POIROT.

A-t-on jamais vu rien de plus lugubre, de plus effrayant? c'est inouï, c'est inimaginable! Ah! si le savant Chrysostome demeurait encore dans le cloître Saint-Jacques-de-l'Hôpital, j'irais le consulter! mais son décès m'en empêche. Il l'avait bien prédit; il avait dit : Je mourrai un jour. Dieu! quel savant! c'était un fier homme. Allons, continuons nos recherches dans les autres pièces de la maison. Passe devant, poupoule, puisque tu tiens la lumière. (*On se dispose à partir; Satanor sort du secrétaire et met un pied en terre; Poirot se retourne et le voit; Satanor entre vivement dans l'armoire.*) A la garde! à la garde! je l'ai vu, noir comme mon chapeau! il est là, dans l'armoire.

Tout le monde rentre; il se précipite sur la porte de l'armoire dont les gonds sont changés de place, et qui tourne alors sur pivot; Satanor s'échappe et entre alors dans la caisse placée au milieu de la chambre; la caisse se développe et devient un tapis; Poirot, qui est resté dans l'armoire, crie de toutes ses forces: *Au voleur!* Tout le monde revient; on ouvre l'armoire, Poirot en sort tout pâle.

Mme POIROT.

Est-il possible, mon bichon, qu'un homme de votre âge fasse des bêtises pareilles? Pourquoi vous êtes-vous fourré là?

POIROT.

On m'y a plaqué malgré moi!

Mme POIROT.

Mais quand le diable y serait...

POIROT, *avec abattement.*

Il... il... poupoule, il y est.

Mme POIROT.

Alors, pour chasser le diable, ce que nous avons de mieux à faire, c'est une prière à saint Polycarpe.

POIROT.

Je le veux bien, ma femme, faisons une prière courte, mais bonne; demandons à ce puissant saint l'extradition du mauvais génie qui m'accable de tapis, de chagrin et qui vide mes tiroirs.

CHOEUR.

AIR *des Chevaliers de la Fidélité.*

Jette sur nous un regard de clémence,
Saint Polycarpe, ô mon noble patron!
D'un bonnetier protége l'innocence,
Et de ces lieux fais sortir le démon.

Après la prière, un coup de tamtam annonce la fuite de Satanor; tout le monde se lève effrayé. Le tapis se referme et devient caisse.

Mme POIROT, *qui a regardé par la fenêtre.*

Je viens de voir quelque chose de très-monstrueux s'envoler par la cheminée de la chambre à coucher de mon mari! Ça ne peut être que le diable en question.

POIROT.

Es-tu bien sûre de ce que tu dis?

Mme POIROT.

Oui, bien sûre!

POIROT.

Ah! grand Dieu! que je suis content! je nage dans un océan de félicités! Suivez-moi tous au magasin; je veux vous prouver ma reconnaissance: vous savez que je ne suis pas pingre! Venez, mes enfans, venez! Passe devant, poupoule, puisque tu tiens la lumière. Il me semble que j'ai quatre-vingts livres de moins sur l'estomac; pour un rien je danserais!

Tout le monde sort sur une musique joyeuse; on ferme les portes à double tour.

SCENE V.

BIJOU, *sortant de la chiffonnière.*

Ils ont fermé les portes! me voilà bien! Domingue! Domingue! serait-il parti sans moi? Ce serait mal! et notre argent il l'aura emporté sans doute pour le mettre en un lieu sûr. En attendant, me voilà claquemuré! Au lieu du plaisir que j'espérais, il me faudra passer toute la nuit dans cette chambre! Oh! le plaisir! je ne connais que ça, moi! c'est à lui que l'on doit tout sacrifier! Père, mère, devoirs, famille... Domingue me l'a dit cent fois, et il a bien raison! (*Il vient s'asseoir sur le canapé.*) Que faire là? dormir! J'en ai besoin après avoir passé presque toute la nuit au jeu! (*Il s'endort.*) Bonsoir, tout le monde! à moi les jolis rêves!

SCENE VI.

BIJOU, *endormi,* LA SAGESSE.

A peine Bijou est-il endormi qu'une musique douce se fait entendre, la sagesse, sous les traits d'une jeune fille, vêtue de blanc et voilée, paraît à travers la muraille du fond, elle s'avance tout doucement vers Bijou qui paraît agité.

BIJOU, *effrayé de cette vision.*

J'ai peur!

LA SAGESSE.

Ne crains rien!

BIJOU, *endormi.*

Qui êtes-vous?

LA SAGESSE.

La sagesse! c'est moi qui te parle chaque jour par la bouche de ta mère.

BIJOU.

Je ne vous connais pas.

LA SAGESSE.

Je ne le sais que trop.

BIJOU.

Que me voulez-vous?

LA SAGESSE.

Te garantir des piéges de l'être malfaisant auquel tu t'abandonnes! Ce Domingue, qui flatte tes penchans, qui te conduit à ta perte! c'est un mauvais génie: c'est le vice!

BIJOU.

Le vice?

LA SAGESSE.

Oui. Il te pousse à la paresse, à l'insubordination; il t'inspire le mépris de tes devoirs, de tes parens; il t'apprend à mentir, à jouer... et le jeu, vois-tu, c'est une effroyable passion! une frénésie qui n'a de terme que la vie! Si tu continues à suivre la route dangereuse où tu t'es engagé, tu traîneras une existence misérable, et tu causeras la mort de ta mère.

BIJOU.

Oh! ma mère!

LA SAGESSE.

Mais tu es jeune; il est temps encore de revenir sur tes pas! Tu peux tout réparer, si tu prêtes à mes conseils une oreille attentive.

BIJOU, *lui tendant les bras.*

Ah! oui, venez souvent me visiter, me donner vos conseils.

LA SAGESSE.

Je reviendrai; tu me verras; mais ce n'est plus sous cette forme que je t'apparaîtrai, c'est sous l'aspect d'une petite flamme bleue; elle te conduira toujours vers le bien. Adieu! profite de mes avis, deviens sage, et tu seras heureux.

La sagesse disparaît à travers la muraille; Bijou indique par ses mouvemens qu'il voudrait pouvoir la suivre des vapeurs légères enveloppent la chambre.

Deuxième Tableau.

Le théâtre change et représente un site sauvage. A gauche, un château fort crénelé, entouré d'eau. On y arrive par un chemin rapide qui conduit au pont levis. Il fait jour.

SCENE PREMIERE.

BIJOU, *garrotté et amené par des cavaliers de la maréchaussée.*

Je vous dis que vous êtes des scélérats, des brigands ; me lier comme un malfaiteur !

LE BRIGADIER.

Tout ce que vous voudrez, cher ami de mon cœur ; les gens qui arrêtent sont toujours des scélérats aux yeux de ceux qui sont arrêtés; mais nous avons des ordres.

BIJOU.

Des ordres !... de qui?

LE BRIGADIER.

Vous êtes bien curieux ! mais c'est égal, je veux bien vous le dire ! Nous sommes arrêté, parce que nous avons chipé au papa Poirot un nombre indéfini de pièces d'or, d'argent, de cuivre, et autre menue monnaie; le papa nous fait mettre dans cet agréable donjon, vu qu'il n'y a pour locataires que des chats-huants, des hirondelles, des rats, des souris, et autres volatiles peu opulens, et auxquels vous ne pourrez rien prendre... Voilà pourquoi nous avons mis la main sur votre paisible collet.

BIJOU.

Vous êtes des misérables ! vous attentez à la liberté individuelle; vous êtes les satellites de la tyrannie.

LE BRIGADIER.

Connu ! connu ! extrêmement connu !

BIJOU.

Et ne pouvoir me défendre !... Oh ! si mon pauvre Domingue était là...

LE BRIGADIER.

S'il était là, il serait empoigné comme vous, petit ami de mon cœur, vu qu'il nous a été signalé comme un gueux; il paraît qu'il est voleur au physique et nègre de son état.

BIJOU.

Domingue ! oh ! vous ne l'attraperez pas; il a plus d'esprit à lui tout seul que toute votre clique réunie.

LE BRIGADIER.

Criminel adolescent, je vous enjoigne de cesser ce dialogue injurieux pour la force armée, vu que voici le bonnetier, votre auguste père, qui tourne de ce côté ses respectables pas, orné d'une guirlande de paysans et de paysannes.

SCENE II.

POIROT, BIJOU, LE BRIGADIER, PAYSANS.

BIJOU, *d'un ton impérieux.*

Ah ! vous voilà, mon père! je suis bien aise de vous voir.

POIROT.

Et moi aussi, mon fils.

BIJOU.

Est-il vrai que c'est vous qui m'avez fait arrêter?

POIROT.

Oui, mon Bijou, tu m'as obligé de te faire claquemurer.

BIJOU.

Obligé ! voilà une fameuse bourde, par exemple !

POIROT.

J'y suis obligé pour ma sûreté et celle de mon numéraire; une fois en prison, tu ne seras plus exposé à recevoir les mauvais conseils de Domingue.

BIJOU.

Vous avez tort de l'accuser, les moyens que vous employez pour me convertir ne réussiront pas! J'ai quinze ans, je suis un homme.

POIROT.

Tu es un homme ; c'est ce qu'il faudrait voir.

BIJOU.

Je veux courir le monde, je veux être indépendant.

AIR : *On n'entre pas gratis.*

Les geôliers, les verroux
Dérangeraient ma vie !
Le seul bien que j'envie,
C'est de suivre mes goûts ;
Une prison maussade
Abrégerait mes jours,
Ou du moins pour toujours
J'y tomberais malade.
Liberté ! liberté !
Sans toi point de santé.

POIROT.

Je t'enverrai le médecin tous les dimanches.

BIJOU.

Il ne manquerait plus que ça !

Même air.

Le pauvre villageois,
Libre dans sa chaumière,
Pour charmer sa misère
Chante un refrain grivois ;
L'oiseau dans le feuillage
Fait entendre ses chants :
Mais plus de doux accens
Dès qu'on le met en cage.
Liberté! etc.

POIROT.

C'est fort bien, mais ton père !... il n'y a donc plus de pères à présent, tout est donc changé?... Cependant un père, c'est une chose fort utile, et même jusqu'à un certain point indispensable; j'ose même ajouter qu'une mère ne l'est pas moins.

BIJOU.

Mon père, vous m'avez dit cent fois que j'étais né pour de grandes choses.

POIROT.

Oui, tu étais né pour de grandes choses; mais tu n'en fais que de petites.

BIJOU.

Comment?

POIROT.

Écoute, mon ami, et ne te fâche pas; je sais bien que l'homme est né pour la liberté. (*Tirant sa tabatière.*) Gendarme, en usez-vous?

LE BRIGADIER.

Jamais!

POIROT.

Cependant tu t'introduis nuitamment dans ma chambre; ne te fâche pas, tu t'empares de mes économies, du fruit de mes épargnes...

BIJOU.

Et c'est pour cela que vous portez une main sacrilége sur le premier de tous les biens!

POIROT.

L'homme est né libre, je le sais; ne te fâche pas, mais il faudrait pourtant voir un peu s'il n'y aurait pas moyen d'arranger cette affaire-là. Remarque bien une chose; ne te fâche pas: Si toi qui es né libre, tu as le droit d'entrer chez moi, de me prendre mes sous, gros sous, pièces de six liards, de douze sous, de vingt-quatre sous, petits écus, écus de six livres, louis, doubles louis; enfin, de me chiper mon saint frusquin! voilà qui est parfait, tu es né libre; mais moi qui me trouve être né libre aussi, et qui, en raison de ça, veux conserver mes sous, gros sous, enfin tout ce qui m'appartient, comment faire?... voilà deux hommes dans un diable d'embarras; voilà deux hommes comme on n a jamais vu deux hommes! Il faut une victime, et si expression n'était pas d'une horrible trivialité, je dirais: Il faut qu'il y en ait un qui la gobe... Mais c'est tellement trivial que je m'en abstiens.

LE BRIGADIER, *pleurant.*

Ce bonnetier m'arrache des larmes.

UN SOLDAT.

A moi aussi!

Toute la patrouille pleure, chacun pose son fusil et tire son mouchoir.

BIJOU.

Quel pitoyable raisonnement! Et vous croyez me réduire par de pareils moyens? jamais! votre tyrannie viendra se briser contre ma volonté.

POIROT.

Veux-tu que je te dise, Bijou?... je crois que le diable te pousse, d'autant plus qu'il m'a fait une menace le jour de ton baptême, et c'est pour cela que je t'ai fait amener en Basse-Bretagne. Voilà le donjon que mon amour paternel te destine.

LE BRIGADIER.

Jeune homme, vous ne remerciez pas votre père?

BIJOU, *pleurant.*

Domingue! ô mon pauvre Domingue, où est-tu?

POIROT.

Je viendrai te voir dans un mois; si tu es revenu à de meilleurs sentimens, nous verrons; je ne te dis que ça, nous verrons, tu es libre et moi aussi. Brigadier, qu'on l'enferme mort ou vif avec toute la douceur imaginable, et que personne ne pénètre jusqu'à lui.

LE BRIGADIER, *poussant Bijou.*

Allons, demi-tour à droite, marche!

POIROT.

AIR: *Non, point de pardon*

Non, non,
Point de pardon;
A ma justice
Il faut qu'on obéisse.
Non, non,
Point de pardon;
Que l'on sévisse,
Et qu'il aille en prison.

BIJOU.

Allons, j' m' soumets
A la force; mais
L'heureux temps viendra
Où tout changera.
Grâce aux progrès
Des esprits bien faits,
Un jour les enfans
Diront aux parens:
Non, non,
Plus d' soumission.
Oui, la jeunesse
A seule la sagesse,
Non, non,
Plus d'soumission;
C'est la jeunesse
Qui seule a raison.

POIROT *et les* GENDARMES.

CHOEUR.

Non, non, etc.

On veut entraîner Bijou qui se débat, les gendarmes l'enlèvent et l'emportent dans le donjon.

SCENE III.

POIROT, PAYSANS.

POIROT.

Adieu! être incorrigible âgé de quinze ans. (*Revenant près des paysans.*) Un enfant que j'ai réalisé après sept ans de ménage, obligé de le faire renfermer comme un quadrupède! voilà où j'en suis, paysans de la Basse-Bretagne. O mon fils! je t'aime! tu m'es cher... je suis incapable de faire un vœu qui puisse te nuire; mais je le dis dans toute la sincérité de mon ame: si le diable pouvait t'emporter, je lui ferais volontiers une rente viagère. (*A peine a-t-il prononcé ce vœu, que Satanor paraît dans le fond, et s'élance d'un seul bond jusqu'à la fenêtre du donjon, aucun des personnages ne s'en est aperçu.*) Enfin je suis tranquille, il est là; il y restera, je ne crains pas qu'il en sorte.

LES PAYSANS.

Vive M. Poirot!

CHOEUR DE PAYSANS.

AIR *du Solitaire.*

Allons, allons, mes chers amis,
Pour son cœur quel destin prospère (*bis*)!
Félicitons cet heureux père
Qui vient de faire
Emprisonner son fils (*ter*).

Il sort à gauche, porté en triomphe par les paysans; au même instant on voit Satanor, sortir par la fenêtre du donjon, emportant Bijou sur un dragon volant qui laisse après lui une longue trace de feu; tous deux rient à gorge déployée.

SCENE IV.

BUVEURS, NICODÈME.

Le théâtre représente une place de village; à droite, au premier plan, une auberge avec cette enseigne: *Au Vaisseau-Amiral*, figurée par un petit vaisseau suspendu au-dessus de la porte, près de l'entrée une mangeoire portative, et une pompe; à gauche, au premier plan, une autre auberge. Au lever du rideau, on entend des chants de buveurs dans l'auberge à droite, Nicodème paraît portant un sac au bout d'un bâton.

CHOEUR DE BUVEURS.

AIR: *A boire, à boire.*

A boire, à boire, à boire,
Versez-nous donc à boire,
Versez-nous de ce jus divin,
Nous en boirons jusqu'à demain.

NICODÈME, *s'arrêtant devant la porte de l'auberge.*

Ils chantent, les faignans; je voudrais bien être à leur place, depuis ce matin que je trotte avec un sac sur le dos, et rien dans l'estomac... c'est dur à digérer. (*Il appelle.*) Domingue, pas de bêtises, voyons, réponds!... Voilà un mois qu'il me fait marcher, me berçant toujours de ce porc chimérique et de ces oignons imaginaires. Est-ce là une conduite à tenir avec un ami?... (*Il regarde dans l'auberge.*) Ils mangent, les scélérats!... je voudrais bien faire comme eux. Ah! pauvre Nicodème, me voilà maintenant à deux cents lieues de la Brie, dans un pays déplorable; et l'infâme Domingue, disparu... ça m'est égal, je me monte la tête! je dis que Domingue est un drôle! un polisson! (*On entend le bruit d'un soufflet; Nicodème porte la main à sa joue avec surprise et jette un cri.*) Ah! je ne me trompe pas, c'est bien une claque que je viens de recevoir. (*Il regarde avec inquiétude autour de lui; il n'aperçoit rien.*) Personne! la claque est anonyme. (*Il se promène en tenant sa joue.*) Oh! que c'est lâche! que c'est petit! (*Il reçoit un nouveau soufflet.*) Encore! (*Au moment où il porte la main à sa joue, il reçoit un coup de pied au derrière.*) Ah! voilà qui est abject, c'est ignoble! Je viens donc ici pour être insulté publiquement par des farfadets? car je ne vois personne... Essayons de parer les soufflets et les coups de pied. Ah! ah! malins! ah! ah! venez-y donc un peu, qu'on vous voie.

Il parcourt la scène à grands pas, en faisant le moulinet avec son bâton; il attrappe sans le savoir un garçon qui sort de l'auberge.

SCENE V.

NICODÈME, LE GARÇON.

LE GARÇON, *le repoussant violemment.* Qu'est-ce que c'est que cet animal-là?

NICODÈME.

Pardon! pardon!

LE GARÇON.

Il n'y a pas de pardon!... Est-ce qu'on joue du bâton tout seul sur la place publique?

NICODÈME.

Ah! tout seul, tout seul, c'est une question.

LE GARÇON.

Vous n'en êtes pas moins une buse!

NICODÈME.

Vous en êtes une autre!

LE GARÇON, *prenant un balai et menaçant Nicodème.*

Attends! attends! je vais te frotter les épaules!

NICODÈME.

A la garde! à la garde! à l'assassin!...

SCENE VI.

LES MÊMES, L'AUBERGISTE, GARÇON D'AUBERGE.

L'AUBERGISTE.

Qu'est-ce que c'est? qu'est-ce que c'est?

LE GARÇON.

C'est un animal qui me flanque des coups de bâton, à propos de rien.

NICODÈME.

Écoutez, maître Bonin!

L'AUBERGISTE.

Je m'appelle Boneau, et non pas Bonin...

NICODÈME.

Bonin... Boneau... Bonin... ça n'y fait rien... votre auberge m'a l'air bien approvisionné.

L'AUBERGISTE.

Oh! très-bien!

NICODÈME.

Je voudrais...

L'AUBERGISTE.

Parlez!

NICODÈME, *hésitant.*

Je voudrais un petit plat de porc aux oignons...

L'AUBERGISTE.

Volontiers! il y en a de tout prêt.

NICODÈME, *avec joie.*

Tout prêt! vertueux aubergiste! venez dans mes bras.

Il étreint l'aubergiste et l'embrasse à plusieurs reprises sur les deux joues.

L'AUBERGISTE, *étonné.*

Eh bien! eh bien! qu'est-ce que c'est donc?

NICODÈME.

Si vous saviez, voilà un mois que je désire m'en procurer... impossible! (*Le garçon apporte une table qu'il place près de la porte.*) Garçon, dépêchez-vous... quand je pense que je vais manger du porc aux oignons, j'en pleure de joie.

L'AUBERGISTE.

Cet homme-là me fait l'effet d'un imbécile... dis-donc, tu vas me faire le plaisir de le surveiller... il m'a tout l'air de ces aigrefins qui n'ont pas le sou et qui veulent faire un bon repas... surveille-le, je t'en prie.

Il rentre. Le garçon pose une nappe pliée sur le bord de la table et sort. On a dressé une table, on apporte le plat demandé par Nicodème ; il se met à table ; tout le monde sort.

SCÈNE VII.

NICODÈME, *seul à table.*

Eh bien! qu'est-ce qu'il fait donc? il ne met pas mon couvert?... allons! allons! je vais me servir moi-même. (*Il déploie la nappe et l'étend sur la table ; elle disparaît. Il la remplace par une serviette, elle disparaît également.*) Voilà qui est fort! (*La table disparaît.*) La table aussi!... et les pieds qui courent après... il me paraît que dans ce pays-ci on n'a pas besoin de domestique pour ôter la nappe, fallait au moins attendre au dessert! (*Un coup de tamtam se fait entendre, la fourchette, le plat, la nappe, la table, tout a disparu. Il se retourne vers la table pour manger ; il se lève et crie.*) Eh ben! eh ben! ah! grand Dieu! j'sis ensorcelé! ma table a fondu... (*Il est furieux.*) Être idéal! être amphibie!... montre-toi donc, misérable! qui me frappes dans mes affections les plus chères... Lâche! poltron! viens donc que je te donne des gnioles... tu n'as pas de cœur! oh! tu as beau faire! j'te trouverai... j' te r'joindrai!... (*Il sort le nez en l'air.*) Eh! la marchande de poupées, pourriez-vous m'enseigner où l'on vend du porc aux oignons?

SCENE VIII.

UN GARÇON, CONVIVES, *puis* NICODÈME.

On a remarqué sur la place, vers la droite, plus loin que l'auberge, une boutique de jouets. Dès que Nicodème a disparu, plusieurs grandes poupées descendent de l'étalage et vont manger tous les gâteaux étalés à gauche, puis elles retournent paisiblement à leur place.

LES CONVIVES, *dans la coulisse.*

Des gâteaux! des gâteaux ; allons vite, garçon!

UN GARÇON, *sort de l'auberge.*

Tout de suite, messieurs, on va vous servir. (*Il s'arrête stupéfait devant la montre, prend les assiettes.*) Vides!... c'est ce rôdeur qui était là... Il nous a volés... c'est sûr (*Il crie.*) Au voleur! au voleur!

Les gens qui sont dans l'auberge sortent.

TOUS.

Au voleur!... où ce qu'il est le voleur?

UN GARÇON.

Le v'là qui court à travers champs.

TOUS.

Faut l'attraper et lui donner une danse.

On sort en courant du côté où est allé Nicodème, et on ne tarde pas à le ramener.

NICODÈME.

Qu'est-ce qu'il y a, mes braves gens! qu'est-que vous me demandez?...

UN GARÇON.

Je te demande les gâteaux qui étaient là... et qui n'y sont plus... c'est toi qui les as mangés.

NICODÈME.

Mangés, regardez plutôt dans mes poches.

UN GARÇON.

Il ne s'agit pas de tes poches... il faut les payer ou aller en prison.

NICODÈME.

Les payer! combien vous faut-il pour cela?

LE GARÇON.

Douze sous.

NICODÈME.

Je n'ai que six liards... Moi qui meurs de faim! j'voudrais ben les avoir mangés vos gâteaux... ça me ferait plaisir intérieurement. Mon Dieu! toi qui sais ce qui se passe dans l'estomac de tous les êtres... dis-leur la vérité!

UN GARÇON.

Au fait, il a l'air trop bête pour être un voleur.

NICODÈME.

Vous avez ben raison.

UN GARÇON, *le poussant.*

Allons! reste là dans un coin! si tu es ben sage on te donnera quelque chose.

NICODÈME.

Oh! merci! (*On lui tend la main.*) Ils m'ont rendu leur estime, ils ne tarderont pas à m'inviter à dîner. (*Les uns rentrent, les autres se promènent en visitant les boutiques.*) En attendant, il faut que je m'amuse pour endormir ma faim, qu'est-ce que je vas faire? (*Il ramasse une grande feuille de papier.*) J'ai une foule de projets gigantesques... je flotte entre deux idées... Ferai-je une cocotte ou un bateau... le bateau les flattera davantage. Oui, c'est décidé, je me jette dans les constructions navales. (*Il plie sa feuille de papier en forme de vaisseau.*) Voilà l'affaire! (*Quelques paysans s'approchent de lui et regardent avec curiosité ce qu'il a fait.*) Hein? qu'en dites-vous? en voilà un qui fait pâlir celui de l'enseigne!... Mais vous allez voir ça sur l'eau!... il s'agit de rédiger un petit océan de société pour la mer. Mon navire, cette mangeoire va remplir l'objet. (*Il apporte la mangeoire, va pomper de l'eau qu'il verse dans la mangeoire.*) Ceci vous représente de l'eau dans une mangeoire. Mettons-y maintenant le bâtiment... là!... hein?... (*Il regarde avec dédain l'enseigne.*) Ce n'est pas toi, capon, qui en ferais autant.

Le petit vaisseau de l'enseigne s'ébranle et descend dans la mangeoire ; tout le monde est effrayé de ce prodige ; Nicodème lui-même est stupéfait. Le petit vaisseau, une fois à flot, lâche une bordée de ses batteries, met le feu au vaisseau de papier et remonte se placer en enseigne.

UN PAYSAN, *à Nicodème.*

Hé ben! diras-tu à cette heure que tu n'es pas sorcier?

NICODÈME.

Ceci me casse bras et jambes.

LE PAYSAN.

Oui, oui, c'est un sorcier... Allons! allons! faut en débarrasser le pays; le v'là trouvé celui qui nous a fait tant de mal.

NICODÈME, *effrayé.*

Moi!...

UN PAYSAN.

C'est toi qui as fait mourir tous nos porcs cette année.

UN AUTRE PAYSAN.

Oui, et qui as fait manquer la récolte des oignons.

NICODÈME.

Moi? O braves paysans de la Basse-Bretagne, que vous connaissez mal mon cœur! moi, j'aurais détruit les deux plus nobles productions de la nature! les oignons et les cochons! Mes amis, vous n'y pensez pas.

LE GARÇON D'AUBERGE.

Non, non! pas de grâce! à mort! à mort le sorcier!

NICODÈME.

Quelle atrocité! Toi, grand scélérat! sois tranquille, je te distingue. (*Au fort de la mêlée, on entend gronder la foudre, les paysans effrayés s'enfuient; le garçon tient bon et s'acharne après Nicodème : celui-ci s'empare d'un coutelas qui pendait au côté de son adversaire et lui coupe la tête; tout-à-coup il redescend effrayé.*) Qu'est-ce que j'ai fait, grand Dieu! Voilà un homme que j'ai privé de son chef!... quel affreux désagrément!... S'il a l'habitude de priser, comment va-t-il faire? je suis sûr qu'il m'en veut et n'ose l'interroger. Quelle position!... (*Il aperçoit des têtes de plâtre sur une planche dans une des boutiques qui garnissent la place.*) Ah! (*Il prend une tête de plâtre et la place sur le cou du paysan.*) Elle va! elle va! Allons, allons! elle va. (*Le paysan remet son chapeau sur sa tête de plâtre, salue Nicodème et lui tend amicalement la main.*) Il n'y a pas de quoi!... comment donc? ce sont de ces choses... vous ne m'en voulez plus? c'est bien heureux que personne ne m'ait vu; mais ça peut se répandre dans la contrée, il faut que je me sauve. (*Il se jette à genoux.*) O mon Dieu! jette un regard favorable sur mon individu. Procure un abri à un jeune homme de la Brie qui se trouve en Bretagne malgré lui! fais-moi retrouver mon village, fais que je puisse sortir de ce pays du beurre et du crime, remets-moi dans le chemin du fromage et de la vertu, et tu verras que j'étais né pour l'un et pour l'autre!...

Il se lève vivement et sort en courant.

Troisième Tableau.

Le théâtre change et représente un paysage riant sur le bord de la mer ; un grand mur dans le fond, à droite, occupe la moitié de la scène.

SCENE PREMIERE.

BIJOU, SATANOR.

BIJOU.

Où me conduis-tu?

SATANOR.

Au bonheur!

BIJOU.

Tu m'as délivré, il est vrai; mais je ne sais... je te crains.

SATANOR.

Moi! ne suis-je donc pas ton ami?

BIJOU.

Oui... mais ce pouvoir magique que tu sembles exercer sur tout ce qui t'environne... ces prestiges...

SATANOR.

As-tu donc à t'en plaindre?... sans eux tu gémirais encore sous la férule de tes parens ou au fond d'un cachot.

BIJOU.

Sans doute; mais s'il faut que je te le dise, j'ai fait un songe qui me trouble... Un génie m'est apparu.

AIR :

Le joli rêve que j'ai fait!
J'étais couché sous le feuillage,
Lorsqu'à mes yeux, dans un nuage,
Apparut un ange discret;
Tout doucement il s'approchait :
En l'écoutant mon cœur battait!
Sa voix me dit : Point de faiblesse!
Enfant perdu que l'on trompait,
Ne vois-tu pas qu'on t'égarait!
Suis-moi, car je suis la Sagesse.
Le joli rêve que j'ai fait (*ter*).

SATANOR, *avec inquiétude.*

Eh bien! qu'est-ce que cela prouve?

BIJOU, *vivement.*

Oh! laisse-moi achever :

Le joli rêve que j'ai fait!
Qu'elle était belle sous son voile!
Sur son front une blanche étoile
De son doux éclat scintillait!
Tandis que son sein palpitait
Sous le poids d'un léger bouquet!
On sème de fleurs ta carrière,
Dit-elle; mais crains le regret...
Fuis le vice qui te perdrait!
Bijou! Bijou! pense à ta mère!
Le joli rêve que j'ai fait (*ter*)!

SATANOR.

Le vice!

BIJOU.

Oui, et s'il faut tout t'avouer, elle m'a dit que c'était toi. .

SATANOR, *confus.*

Moi!... eh! eh! eh! tu crois aux visions?

BIJOU.

Je ne puis me défendre d'une certaine émotion, mes parens sont vieux...

SATANOR.

Tant mieux! l'héritage est plus proche.

BIJOU.

Et malgré leur sévérité, l'idée de les abandonner...

SATANOR.

Adieu donc! retourne chez ton père, puisque tu as un penchant si déterminé pour l'esclavage, tandis que moi je t'offrais plus qu'un trône... Va donc! adieu!...

BIJOU.

Arrête! oh! ne m'abandonne pas.

SATANOR, *à part.*

Il hésite!... je triomphe.

BIJOU.

O sagesse! tu m'as trompé, car tu n'as pas donné à mon ame assez de force pour résister aux séductions de Domingue... il m'offre un si riant avenir!... (*Ici la flamme bleue paraît auprès de lui, une musique douce se fait entendre.*) La voilà! oh! je me rappelle sa promesse, c'est auprès de ma mère qu'elle veut me conduire.. oui, elle semble m'inviter à la suivre.

SATANOR, *à part.*

La sagesse! tentons un dernier effort! (*Il remonte la scène et redescend d'un air effrayé.*) Bijou! mon ami, voici venir des gendarmes; on a découvert ta retraite, on est à ta poursuite.

BIJOU.

Les gendarmes!... ah! sauve-moi, sauve-moi, je me livre à toi, à toi corps et ame.

SATANOR.

C'est tout ce que je voulais.

Il le saisit à bras le corps et l'emporte au fond.

BIJOU.

Où me mènes-tu?

SATANOR, *avec force.*

Au bout du monde!

Il traverse la muraille, toujours chargé de Bijou; dès qu'ils ont disparu, cette muraille s'écroule, et on les voit sur le tillac d'un brick qui fend l'air. La mer se couvre de tritons, syrènes et d'autres divinités marines.

SCENE II.

GENDARMES, POIROT.

POIROT.

Bons gendarmes, suivez-moi, il faut à tout prix rattraper les fugitifs... Scélérats, à mon nez, à ma barbe ils ont osé s'embarquer... Où vont-ils? je n'en sais rien... ni vous non plus. C'est égal! bons gendarmes, suivons-les à pied ou à cheval, à votre choix. Ingrat, il faut que je te rattrape. Et pas le plus petit bateau, pas le plus petit baquet! ah! un tonneau. Je m'embarque, et vogue la galère!

Il saute sur le tonneau; les gendarmes deviennent des frères ignorantins armés de verges et coiffés de bonnets d'âne; ils s'élancent au-devant de Nicodème, se jettent sur lui et se disposent à lui administrer une correction vigoureuse. Tableau général, le chœur continue piano dans le fond. Poirot s'éloigne par sauts et par bonds en criant comme un damné, car il a une peur épouvantable; Nicodème gémit piteusement.

AIR :

Il ne peut y survivre!
Son fils vient de partir!...
Il faut, il faut le suivre!
Oui, dût-il en mourir!

ACTE TROISIÈME.

Le théâtre représente les bords du Gange; et, au-delà de la perspective de Chandernagor, vue à travers une éminence formée par l'arbre de Bamines. A droite, l'entrée d'une habitation modeste. Le crépuscule du matin.

SCENE PREMIERE.

BIJOU, *seul.*

La petite flamme bleue voltige à travers la forêt, de gauche à droite; Bijou, dans un dénûment complet, entre aussi par la gauche se soutenant à l'aide d'un bâton; il paraît exténué.

Quand donc s'arrêtera cette flamme mystérieuse? où me conduit-elle? Je suis au bout de mon courage et de mes forces, je tombe de fatigue. (*Il tombe au pied d'un arbre, à gauche.*) Le bâtiment qui nous avait amenés d'Europe a fait naufrage à l'embouchure du Gange; nous devions nous rendre à Chandernagor. Là, me disait Domingue, j'allais rencontrer la fortune que je poursuis. Nous étions couchés sur la plage, et des rêves de bonheur traversaient mon imagination, lorsque la petite flamme vint briller à mes yeux. Sans éveiller Domingue qui reposait à mes côtés, je me levai et je la suivis; mais trois jours et trois nuits se sont écoulés depuis que je marche sans rencontrer une habitation; je n'ai vécu que de racines et d'eau: elles sont pénibles les voies de la Sagesse. Je le vois trop tard, Domingue m'a trompé! dans quel intérêt? quel peut être son but? Je ne le comprends pas! mais ma conscience me dit que j'ai eu tort de suivre ses conseils! Me voilà loin, bien loin de ma bonne mère! et qui sait si je la reverrai jamais?

AIR *du Bouquet de bal.*

Elle a protégé mon enfance,
Elle a guidé mes jeunes ans;
Je devrais, par reconnaissance,
Payer d'amour ses soins touchans.
Qui me rendra sur cette terre
Les soins et le cœur d'une mère?
Hélas! ma mère n'est plus là,
Désormais qui me guidera.

Aujourd'hui, loin de moi peut-être,
Succombant à ses longs ennuis,
Ma mère, aux lieux qui m'ont vu naître,
Est morte en appelant son fils.
Peut-être le ciel qui m'éclaire
Est-il l'asile de ma mère!
Ma mère, si tu n'es plus là,
Désormais qui donc m'aimera!

En levant la tête, il voit la flamme bleue qui s'est posée sur le balcon de la maison. Sa figure se ranime, et il s'écrie avec joie:

Ah! la flamme s'est arrêtée! Merci, ma mère; ce bienfait, je le dois sans doute à ton souvenir.

Il se lève et marche péniblement vers la maison, mais ses forces le trahissent encore, et il retombe sur un siége de bambou.

SCENE II.

DAHLIA, BIJOU.

La sagesse, sous les traits d'une jeune et jolie Indienne, sort de l'habitation. Au moment où elle paraît, la flamme s'éteint, car elles ne font qu'une seule et même chose.

DAHLIA, *à part, sans être vue de Bijou.*

AIR *du Jour des noces, ou du château perdu.*

Il m'a suivie, oh! qu'il me soit fidèle!
Son jeune cœur n'est pas né pour le mal,
Vers ce séjour où le bonheur l'appelle,
Je l'ai guidé comme un léger fanal;
Mais j'ai bien peur... oui, je crains sa faiblesse,
Jusques au but le conduirai-je enfin?
Car quelquefois l'homme suit la sagesse,
Mais trop souvent il la laisse en chemin.

BIJOU, *sans lever la tête et d'une voix faible.*

On a parlé! Qui donc est là?

DAHLIA.

Une personne qui a entendu vos plaintes et qui vient vous offrir des secours.

BIJOU.

Oh! j'en ai grand besoin!

DAHLIA, *à l'entrée de la maison prend un vase rempli de lait.*

Prenez!

Elle lui donne du lait, de la pâte de riz et du pain.

BIJOU.

Que Brama vous le rende! (*Il boit et se retourne vers Dahlia pour lui rendre le vase; à part.*) Qu'elle est jolie! et combien je suis humilié de paraître à ses regards dans un pareil dénûment! (*A l'instant même et sur un signe de Dahlia, les sales vêtemens de Bijou disparaissent et font place à un élégant costume; surpris de cette métamorphose, il jette un cri de joie.*) Ah! (*A part.*) C'est sans doute là une des divinités du Gange, dont m'a parlé Domingue. (*Haut.*) Charmante inconnue, ne puis-je savoir qui vous êtes?

DAHLIA.

On me nomme Dahlia. Je suis la fille unique du plus riche nabab de l'Inde. Mon père était gouverneur de Titchinopoli; il m'a laissé en mourant des trésors immenses; mais c'est seulement lorsque j'aurai atteint ma seizième année que j'en serai mise en possession. Jusque là je dois vivre inconnue, ignorée et dans une solitude profonde; tous mes instans appartiennent à l'étude de la sagesse et au culte de Brama.

BIJOU.

Vous êtes bien heureuse! Si le ciel m'avait accordé une sœur pourvue comme vous de grâce et de raison, je ne me serais point livré à de coupables excès, j'aurais fait la joie de ma famille.

DAHLIA.

De coupables excès! à votre âge! Qui donc vous y a conduit?

BIJOU.

Je ne sais quel instinct fâcheux, que je n'ai jamais pu m'expliquer! une secrète influence me domine et m'entraine malgré mes résolutions. Pour me soustraire au châtiment que j'avais trop mérité, j'ai fui la maison paternelle, poussé par mes goûts pour l'indépendance et les plaisirs. Je me suis élancé vers une vie aventureuse : j'ai voulu courir des chances de fortune; c'en est une, sans doute, une bien précieuse et inespérée que d'avoir rencontré dans ces lointains climats un ange tel que vous! Ah! je le sens, et ne crains point de vous le dire, s'il m'était permis de passer ma jeunesse à vos côtés, l'Inde serait pour moi la terre promise.

DAHLIA.

Peut-être vous seriez dangereux pour mon repos.

BIJOU.

Dangereux!... Oh! non, votre air impose le respect! Que ne vous devrais-je pas? Vos conseils, votre exemple changeraient ma destinée.

DAHLIA.

Mais dans ce pays l'opinion est toute-puissante; elle régit tout, et principalement le sort des femmes.

BIJOU.

N'êtes-vous pas indépendante et riche?

DAHLIA.

Je vous le répète, dans l'Inde, tout dépend de l'opinion; la moindre faute peut lui porter atteinte.

BIJOU.

Je n'aurai pour vous qu'une amitié de frère.

DAHLIA.

En êtes-vous bien sûr?

BIJOU, *timidement.*

Mais, je tâcherai! (*A part.*) Si j'allais troubler son bonheur! Elle est bien séduisante, bien jolie! c'est trop m'imposer peut-être?...

AIR de Bethoven dans *la chatte métamorphosée en femme.*

DAHLIA.

Pourquoi
Cet émoi?

BIJOU *à part.*

Ah! malgré moi
Mon cœur frissonne.

Il veut s'éloigner.

DAHLIA, *le retenant.*

Voudrais-tu me fuir?..

BIJOU, *se laissant ramener.*

C'est ton désir,
Je t'abandonne
Mon avenir.

DAHLIA.

Va, ne crains rien; Brama
Tous deux nous bénira;
Car sous cet humble toit,
Brama nous voit.
Je te réponds du sort;
Tu n'as pas besoin d'or,
Car la sagesse encor
Est un trésor.

ENSEMBLE.

BIJOU.

Je sens que l'effroi
Fuit loin de moi,
Ah! quelle est belle!
Tout bas mon cœur (*bis*).
Dit qu'auprès d'elle
Est le bonheur.

DAHLIA.

Calme ton émoi,
Viens avec moi,
Sois-moi fidèle!
Écoute ton cœur!
Crois au bonheur.
Sa voix t'appelle
Vers le bonheur.

Dahlia lui tend la main et le conduit dans sa demeure.

SCENE III.

Le théâtre change et représente une île bordée de rochers, une forêt en avant, la mer au fond; à l'horizon une autre île dans la vapeur.

NICODÈME, *assis majestueusement sur un quartier de rocher, dit aux sauvages qui sont occupés à enterrer des morts:*

C'est bien, braves sauvages! c'est bien! enterrez-moi tous ces gaillards-là, qui sont venus troubler la paix de mes états! Ah! mon Dieu! quand je recevais des patoches chez ces bons frères ignorantins, je ne me doutais guère qu'un jour je serais à la tête d'un rassemblement d'hommes noirs. C'est encore Domingue qui m'a conseillé de m'expatrier; il a voulu m'emmener dans son pays. Une belle nuit, je m'étais endormi tranquillement au clair de la lune, voilà que je me réveille en pleine mer, sur le dos d'une énorme baleine! Quelle cochotte incommode! Je me rappelais l'histoire de Jonas, et je me disais: Pour un rien, je me ferais avaler par cette énorme bête; je serais mieux dans son ventre que sur son dos: j'aurais moins froid. Au moment où je faisais cette piteuse réflexion, la baleine fait demi-tour à gauche, et me jette sur les côtes... les côtes du pays. Bon! je vois venir à moi une foule de particuliers, tous comme le cœur de la cheminée, et parlant une langue entièrement inconnue dans la Brie. Ils me font sauter, ils me font un tas de caresses; enfin je devine qu'ils m'ont nommé leur roi. C'est une belle place! je bois, je mange, je ne fais rien, je dors, excepté les jours de bataille. Mais il y a quelque chose qui me chiffonne; j'ai appris ça d'une vieille femme noire que j'ai fait jaser (les vieilles femmes, ça jase toujours, n'importe la couleur.)

AIR *de l'Apothicaire.*

Dans ce pays, ça fait frémir
Pour leur roi quell' triste anicroche!
Quand l' monarqu' ne peut plus servir,
Ses sujets le mett'nt à la broche...
Cet av'nir me donn' du chagrin,
Ce systèm', je n' crois pas qu'il m'aille,
Je voudrais être vot' souverain,
Sans êtr' traité comme une volaille.

N'est-ce pas, mes enfans, que vous ne voudriez pas vous comporter avec moi d'une manière si indécente? D'abord je suis très-maigre; il n'y a qu'à ronger.

UN SAUVAGE.

Krick... krock... malock... trac, trac!

NICODÈME.

Très-bien! bravo! je comprends vos réponses. (*A part.*) Quoique ça, je préfère la langue française, n'entendant pas un mot de ce que ces gens-là me disent... c'est bien gênant pour la conversation... Ah çà! mes petits amours, nous disons donc que nous sommes tous des héros!... nous avons tué huit douzaines d'ennemis... c'est gentil!... je suis content de vous. Au moyen de cette victoire, nous voilà propriétaires de la montagne d'aimant que ces coquins-là habitaient... j'en suis flatté... je suis bien aise d'avoir une montagne d'aimant dans mes domaines, quoique je n'aie pas la plus légère idée de ce que ça peut nous faire... vu qu'il n'y pousse rien, et qu'elle est si rude à grimper que des chèvres même s'y casseraient les jambes... enfin, c'est égal, je n'en suis pas moins fier d'être à la tête d'un peuple si guerrier que vous êtes. (*A part.*) Et cependant s'il y avait dans ce pays des Petites-Voitures pour Coulommiers, je m'en irais volontiers, car j'ai lieu de penser que mon ennemi, le père Poirot, est mort, et que je pourrais vivre maintenant à l'abri des calottes dont cet homme m'abreuvait... Je me suis si bien battu, ou plutôt, j'ai été si bien battu par ces scélérats-là, depuis hier, que je tombe de besoin, c'est le mot.

AIR : *Je loge au quatrième étage.*

Ce n' sont pas des gens très-intègres,
De coups d' bâton ils m'ont noirci,
C'est p't-être leur façon d' fair' des nègres,
C'est p't-être l'usage de c' pays-ci,
N' vous gênez pas!... Eh! bien, merci!
Le procédé m' paraît comique,
Je n' leur en fais pas compliment,
J'ai bien dans l'idée qu'en Afrique
Ce n'est pas comm' ça qu'on s'y prend.

Si nous nous rafraîchissions un peu!... voilà une grosse noix qui est tombée de ce prunier sauvage. (*Il fouille dans sa poche.*) Je dois avoir sur moi un eustache.

Il tire un couteau, va pour couper le coco, le couteau lui échappe, attiré par la force de l'aimant et va se planter violemment dans une masse de rochers à droite où il se tient horizontalement.

NICODÈME, *étonné.*

Qu'est-ce que cela veut dire? c'est inconcevable, si je demandais au savant de l'endroit? (*Il va à un vieux sauvage.*) Vieux! toi, qui es un des plus anciens de mon royaume, pourrais-tu me dire pourquoi cet eustache s'est échappé de mon poignet avec la rapidité de l'éclair, pour aller se ficher là-bas?

LE VIEUX SAUVAGE.

Kranier... kranack.

NICODÈME.

Ah! oui, bien, c'est juste! il a raison, kranier, kranack. (*A part.*) Je crois plutôt que c'est encore un tour du diable; définitivement, le diable s'amuse de moi... il se rit de moi, il se joue de moi... je pourrais même dire... mais le terme est inconvenant; je me borne à soutenir qu'il me fait aller trop loin, par exemple!

SCENE IV.

LES MÊMES, SATANOR, *sous la forme d'un Orang-outang, descend d'un arbre à l'aide de plusieurs lianes, et va aussi enterrer les morts. Il imite tout ce que fait Nicodème.*

NICODÈME, *le regardant.*

Voilà un Orang-outang, qui est adroit comme un singe; il fait tout ce qu'il veut de ses mains. Comme c'est drôle, ces Orangs-outangs! (*Ici on entend un grand tintamarre, c'est un nouveau combat qui va s'engager; tous les sauvages se préparent à combattre; ils s'arment de massues et de flèches.*) Allons, voilà que ça va recommencer!... les enragés! ah! s'il faut se battre comme ça tous les jours, je donne ma démission... tant pis... (*Il crie.*) Sauvages, écoutez-moi... écoutez votre chef...

Tous les sauvages, qui se sont préparés au combat, s'approchent de Nicodème et chantent en dansant.

AIR : *Ouvrez sans retard.*

Kroff, kroff, mikakroff,
Kriff, kriff, kriff, mikakriff,
Kraff, kraff, mikakraff,
Mikacraff, mikriff.

NICODÈME, *tremblant.*

C'est sans doute leur chant de guerre. Dieu! quelle langue harmonieuse! quelle belle littérature... comme ça vous chatouille agréablement l'oreille! faudra que je prenne un petit sauvageon, j'lui donnerai deux sous par cachet pour me montrer sa langue pendant une demi-heure. Cela veut dire... Illustre monarque, mets-toi à notre tête, et viens combattre avec nous... mes enfans... chers sujets... allez toujours devant, et tapez ferme, je vous rejoins tout-à-l'heure. J'ai deux mots à dire à l'oreille de ce grand singe et je suis à vous.

Les sauvages s'éloignent en reprenant le chant :
Kroff, kroff, mikakroff, etc.

SCENE V.

NICODÈME, SATANOR, *sous la forme d'un Orang-outang.*

NICODÈME, *à Satanor.*

Qui que tu sois, homme des bois, joko, ou mandrille, tu viens de descendre de cet arbre avec tant d'agilité que je te regarde comme un animal supérieur. (*Le singe prend le couteau et trace quelques caractères sur l'écorce du cocotier.* Il écrit! il écrit!

AIR : *Vos maris en Palestine.*

C'est qu'il n'a pas dans sa poche
Sa main, comme dit l'vieux dicton;
Il écrit sur cette roche!
Ce singe a de l'instruction!
Ce que c'est que l'éducation!
O prodige que j'admire!
Tu charmes mes regards surpris;
Mes yeux en sont éblouis.
Je vois une bête écrire,
Ça me rappelle mon pays. (*bis.*)

Le singe lui fait signe de s'approcher.

Il veut que j'approche! voyons ce qu'il m'écrit. (*Il lit.*) « *Je suis ton ami Domingue.* » Domingue! (*Il se jette dans les bras du singe et le tient longtemps embrassé.*) Mon pauvre Domingue! qu'est-ce qui t'a abîmé come ça? Tu étais bien mieux auparavant! il n'y a pas de comparaison. (*Il continue de lire.*)« Ma transformation est un secret que je ne » puis révéler; mais sois sans inquiétude, je viens » à ton aide, ton désir est de changer de visage, » commande, ton esclave est prêt d'obéir. » Eh bien! comme je disais tout-à-l'heure, je ne sais pas si les murs entendent, probablement; je voudrais changer de couleur, ça ferait que ces coquins-là taperaient sur tout le monde indistinctement, parce que je dis que devant le bâton tous les hommes sont égals. (*Satanor lui apporte la moitié d'un gros coco, en lui faisant signe d'y plonger la tête.*)Merci! oh! merci, mon noble ami. (*A part.*) Je ne l'aurais jamais reconnu. (*Haut.*) Merci! mon brave ami! (*A part.*) J'ai pourtant été à l'école avec cet être-là. (*Haut.*) Comme ça, mes sujets ne me reconnaîtront pas; je sais bien que je serai noir voilà l'ennui; mais, ma foi, il n'y a pas assez d'agrément à être blanc avec ces gens-là... Les gueux que ça fait!

AIR :

Les enragés, rien n' les arrête,
Ils vous taillent comme un cornichon;
Ils vous font sauter une tête
Comme on fait sauter un bouchon.
Quoiqu' j'aie la face un peu commune,
Chacun tient à la tête qu'il a :
Je n'en trouverai jamais une
Qui m'aille aussi bien que celle-là.

Il trempe sa tête dans le coco qui doit le noircir, mais dans ce moment un bruit d'armes se fait entendre au fond, Nicodème, ayant retiré sa tête trop tôt, n'est noir que jusqu'au nez, ce qui lui donne une étrange figure; Satanor fait des gambades en signe de joie.

NICODÈME.

Maintenant, donne-moi une armure quelconque, on a beau être nègre, on est bien aise d'être à l'abri des coups de massue... moi surtout qui ai eu tant de malheurs sous ce rapport-là. (*L'arbre s'ouvre. Satanor y prend une armure complète.*) Merci, singe... à présent, je suis invincible. (*Au moment où il dit ces mots, il est emporté brusquement vers le rocher d'aimant, et y reste accroché. Il crie.*) Ah! ah! quelle atrocité, je suis collé, je suis collé... (*Le singe continue de gambader.*) Domingue! ah! scélérat de Domingue! c'est un tour que tu me joues... Veux-tu que je te dise, tu n'es qu'un plat!... un mauvais gamin... Sais-tu ce qui arrivera à un camarade d'école, tu ne risques rien, va!... si aussi bien nous étions à Paris, j'te ferais empailler et flanquer à la ménagerie pour le restant de tes jours et même au-delà.

Satanor lui fait des grimaces, s'attache à une liane, s'y étend et se balance; il fait mille singeries, puis disparaît.

SCENE VI.

POIROT, NICODÈME.

Poirot arrivant à la nage, il porte un sac de nuit sur le dos.

POIROT.

Ah! enfin me voilà à terre! J'étais sûr qu'à force de nager, si je ne me noyais pas, j'arriverais quelque part... je n'en puis plus; je crois que jamais, dans aucun pays du monde, on n'a pas vu un bonnetier plus éreinté.

NICODÈME, *à part.*

Je ne me trompe pas! c'est ce vieux coquin de père Poirot... je voudrais m'en aller.

POIROT.

Quelle aventure, Seigneur Dieu!... mon bâtiment fait naufrage et je suis obligé de nager pour trouver un endroit... Tout a péri, ma montre, mes bottes, et huit cents bonnets de coton, que j'avais emmenés pour mon usage; tout a été englouti, excepté une soixantaine de bonnets que j'ai dans ce sac de nuit; j'ai tout perdu; quand cette chaussure-là sera usée, j'irai comme un va-nu-pieds; et on me mettrait le pistolet sur la gorge, que je ne pourrais pas dire l'heure qu'il est; je vis comme une brute, et je n'ai pas un grain de tabac... j'avais du bon tabac dans ma tabatière, j'avais du bon tabac, il ne m'en reste pas; j'en avais du bon et du râpé, je n'en ai plus pour mon pauvre nez. Quelle situation pour un père qui court après son fils! Quand j'arrive dans quelque pays, on me dit : Oui, nous l'avons vu; mais il est reparti. C'est une position, ça? et on me dira que le sort n'agit pas avec moi de la manière la plus dégoûtante!

AIR : *Un page aimait la jeune Adèle.*

Rien n'est affreux comm' le mal que j'endure,
Après avoir fait tant de chemin;
Quand je crois t'nir ma progéniture,
Comme une anguill' ell' me gliss' dans la main.
Lorsque j'échappe aux fureurs de la vague,
Destin cruel! cess'ras-tu d'nous frapper?
Je nous compare à deux ch'vaux du jeu d' bague,
Qui cour'ent toujours sans pouvoir s'attraper.

Il s'assied au pied d'un arbre. Des singes paraissent sur tous les arbres et le regardent avec curiosité.

Je suis rendu! je puis dire que je suis plus fatigué que quatre bonnetiers réunis, et pas un grain de tabac! Je ne sais pas si c'est l'effet du ventre creux dont je jouis pour le moment, il me passe par la tête une foule d'idées saugrenues et fort tristes. Je m'imagine que je vois Mme Poirot qui me reproche mon absence. Pauvre chère femme, pourquoi ne l'ai-je pas emmenée avec moi!... Le vaisseau a coulé à fond, c'est vrai, elle se serait peut-être noyée, c'est encore possible; mais au moins, je saurais où elle est, tandis que je suis dans la plus mortelle inquiétude... et pas un grain de tabac! C'est pourtant ce petit monstre de Nicodème qui a entraîné mon pauvre Bijou dans toutes ces escapades.

NICODÈME.

Il parle de moi! s'il n'était plus en colère, je lui dirais deux mots; voilà un homme qui pourrait joliment me décrocher!...

POIROT.

Si jamais je te rattrape, quel plaisir j'aurai à te casser sur le dos diverses badines d'une forte dimension... Oh!

NICODÈME.

Ne lui disons rien, alors.

POIROT.

Où suis-je ici? Aurais-je le malheur d'être dans une île déserte comme défunt Robinson? je n'ai pas encore vu la queue d'un habitant; voilà la nuit qui tombe, je présume qu'il doit être six heures et quelques minutes à la paroisse Saint-Jacques-de-l'Hôpital; mais, dans ce misérable pays, je n'ai pas la plus faible idée de l'heure qu'il est; ma position est bien méprisable, et j'ai une envie de dormir à quarante sous par tête.

NICODÈME.

Dors donc, abominable cancre, et ne te réveille jamais; c'est ce que je te souhaite du plus profond de mon cœur.

POIROT.

Malgré les grands chagrins qui me rongent, je ne vois pas pourquoi je ne me coifferais pas de nuit. (*Il ouvre son sac de nuit et en tire un bonnet de coton.*) Je ne vois pas pourquoi je ne me mettrais pas sur la tête un de mes articles. (*Il examine le bonnet.*) Quelle marchandise! comme c'est établi!... et dire qu'il y en a huit cents comme ça au fond de la mer, qui sait? peut-être dévorés à l'heure qu'il est! (*Il soupire.*) Ah! que je suis fâché de n'avoir pas emmené Mme Poirot! C'est égal, couchons-nous et tâchons de dormir; quand je ne ronflerais que pendant quarante-huit heures, c'est toujours ça.

AIR : *Dormez donc, mes chères amours.*

Quand on n'a pas un grain d'tabac,
Quand on n'a rien dans l'estomac,
Quand la terr' vous sert de hamac,
On dit qu'une bonn' conscience
C'est l'oreiller par excellence.

ENSEMBLE.

Dors donc, malheureux bonnetier,
Car tu n'as qu'ça pour oreiller.

NICODÈME, *à part.*

Dors donc, satané bonnetier,
Et que l' diabl' te serv' d'oreiller.

Il s'endort. Satanor, qui a guetté le moment, jette un cri auquel répondent tous les autres singes; il descend rapidement de son arbre à l'aide d'une liane; ses singes gambadent près de Poirot, tandis que d'autres se balancent sur une grande liane qui traverse tout le fond du théâtre. Nicodème tremble de toutes ses forces.

POIROT, *rêvant.*

Ma femme, mon fils! je me retrouve au milieu de ma famille.

NICODÈME.

Je ne sais pas si c'est de froid ou de peur, mais je tremble comme un fiévreux; quelle position pour un monarque qui est attaché à son pays par le dos. Où ce damné de Domingue a-t-il été récolter tant de singes que ça? Il en avait donc une cloyère à ses ordres... s'ils sont anthropophages et qu'ils m'aperçoivent, je suis propre, ils m'avaleront comme une huître! (*Les singes font un mouvement de son côté; il baisse rapidement la visière de son casque et reste immobile. Satanor s'est fait apporter un tronçon d'arbre; deux singes soutiennent doucement la tête de Poirot, et substituent le tronçon d'arbre au sac de nuit qui lui servait d'oreiller.*) Il paraît que cet ignoble père Poirot a toujours la faiblesse des bonnets de coton!

Une fois coiffés, les singes remontent sur les arbres; l'un d'eux cueille une noix de coco et la jette sur Poirot qui s'éveille.

POIROT.

Holà! Ah! mon Dieu! je suis volé! A la garde! à la garde! (*Il court comme un homme qui a perdu la tête.*) Où est-il?... où est-il? mon voleur?..... (*Il aperçoit les singes sur les arbres.*) Grand Dieu! c'est une bande de malfaiteurs, les voilà perchés. Mes amis, écoutez-moi : ce que vous venez de me prendre, à quoi ça peut-il vous servir? Ils sont de mauvaise qualité, ça ne vous fera pas d'usage, tenez, regardez! (*Il ôte son bonnet et essaye de le déchirer, pour montrer aux singes combien le tissu en est faible; tous les singes l'imitent.*) Mais je ne me trompe pas, ce sont des singes, de méprisables jokos, le rebut de la nature humaine... c'est fait pour moi! (*Il jette son bonnet par terre avec dépit, chacun des singes en fait autant; Poirot enchanté veut ramasser ses bonnets; mais à peine en a-t-il ressaisi un, que tous les singes l'imitent encore, descendant des arbres et reprenant les bonnets. Combat entre Poirot et les singes qui finissent par s'enfuir après avoir pris même le bonnet de Poirot.*) Il paraît, décidément, que la nature m'a jeté sur une île habitée par des singes. Me voilà bien! on n'agit pas comme ça envers un bonnetier qui cherche son fils, la nature est une drôlesse. (*Apercevant Nicodème.*) Quel est ce scarabée? Oh! je n'en ai jamais vu de cette grosseur.

NICODÈME, *à part.*

Oh! il me prend pour un gros insecte; est-il bête ce malheureux homme!

POIROT, *fort étonné.*

Ça remue! il est encore vivant! c'est une espèce de homard.

NICODÈME.

Ma cuirasse me compromet.

POIROT, *avec joie.*

La belle pièce! si je suis dans une île déserte, j'aurai de quoi vivre pendant un mois avec cet être-là!

NICODÈME.

Oh! le vieux gueux!

POIROT.

Mais ça pince, il faut l'assommer avec précaution; je vais cueillir un bâton un peu recommandable.

NICODÈME, *criant.*

Grâce! grâce!

POIROT, *étonné.*

Ça parle!... Qui es-tu, indigne scarabée, qui es-tu?

NICODÈME, *pleurant.*

Hélas! mon Dieu! mon Dieu! je suis le roi de ce pays-ci.

POIROT.

Le roi? oh! quelle aventure! Sire, je me découvrirais si vos sujets m'avaient laissé de quoi... Mais comment se fait-il que vous soyez attaché à ce rocher, comme un animal comestible?

NICODÈME.

Ah! mon pauvre ami, c'est une histoire... Je suis roi des sauvages, et ils me traitent comme un laquais.

POIROT, *à part.*

Ce n'est pas l'embarras, un roi sauvage, c'est un grade qui correspond à celui de caporal chez nous.

NICODÈME.

Vous me feriez bien plaisir si vous vouliez me détacher de ce rocher à quoi je tiens.

POIROT.

Volontiers, grand roi; je ne vous demande en échange de ce service que deux faveurs : la première, c'est de me faire restituer les bonnets de coton qui m'ont été enlevés par une portion de vos sujets, je vous en donnerai six; un bienfait en vaut un autre! la seconde, c'est de m'indiquer un bureau de tabac; j'ai le nez, passez-moi l'expression, j'ai le nez hors de moi.

Il saisit Nicodème à bras le corps et le détache violemment du rocher.

NICODÈME, *levant la visière.*

Merci, père Poirot!

POIROT.

Que vois-je? Nicodème! Scélérat que tu es!

NICODÈME.

Comment se porte madame?

POIROT.

Misérable! qu'as-tu fait de mon fils?

NICODÈME.

Père Poirot, ne nous fâchons pas. Je ne sais pas où est Bijou; mais ce que je sais, c'est que je donnerais l'impossible pour être ailleurs. Je suis roi de cette île qui est peuplée de nègres et de singes, ce qui est à peu près la même chose; je vous respecte infiniment, et si vous m'ennuyez, je lâche sur vous une brigade de mes sujets. Voilà mon opinion; partez de là, et soyez gentil!

POIROT.

Que je sois gentil? quand je n'ai plus un seul bonnet de coton à mettre! (*Ici les singes paraissent au fond.*) Ah! voilà mes voleurs! Nicodème, Nicodème, viens m'aider, et je pardonne tout le mal que tu m'as fait! Je veux mes bonnets! mes bonnets ou la mort!

NICODÈME.

Allons, père Poirot, du courage! (*A part.*) Il bisque, ce vieillard! je suis à moitié vengé!

Ils courent tous deux après les singes. Le théâtre change.

SCENE VII.

POIROT, NICODÈME, *amenés par* SATANOR *qui les tient et les entraîne.*

POIROT, *en dehors, à gauche.*

Veux-tu me lâcher, vilaine bête! veux-tu me lâcher?

NICODÈME.

Père Poirot, défendez-moi donc! délivrez-moi de ce monstre! je n'ai jamais voyagé d'une manière plus incommode : ce gueux de singe me broie!

POIROT.

Que veux-tu que j'y fasse? C'est un affreux pays! Veux-tu me lâcher, horrible bête! Ce n'est donc pas assez d'avoir pris tous les bonnets d'un malheureux père, tu veux encore me détruire! tu n'as donc pas d'entrailles? Orang-outang! tu n'es donc pas père? (*Le singe, tenant toujours Nicodème, s'arrête comme pour écouter Poirot qui continue avec sentiment.*) Tu n'as donc jamais reçu les caresses de ton fils? Ton épouse n'a donc point couronné ton hyménée? dis, Orang-outang, réponds-moi?

NICODÈME.

Monsieur Poirot, ne pourriez-vous pas dire ça un peu plus vite? dans la passe où je suis, je n'aime pas les longs discours!

POIROT, *à Satanor.*

Lâche mon collègue! c'est un petit imbécile qui n'est propre à rien.

NICODÈME.

Merci, père Poirot!

Ici Satanor se trouve en face d'un vieux tronc d'arbre, il lâche Nicodème et disparaît dans l'arbre. Poirot a saisi la mèche du bonnet de Satanor au moment où celui-ci disparaît.

POIROT.

Nicodème! ô mon brave Nicodème! le bon Dieu est pour nous, je rattrape un de mes bonnets, je rentre dans mes pertes, viens m'aider!

NICODÈME.

Il y a encore de la diablerie là-dedans! ce bonnet tient d'une force... (*Il se met derrière Poirot, l'aide à tirer le bonnet qui s'allonge de manière à les faire reculer jusqu'à l'extrémité de la scène.*) Monsieur, qu'est-ce que vous dites de ça?

POIROT, *tirant toujours.*

Je dis que je jure devant tout ce que j'ai de plus cher, que jamais je n'ai établi de bonnets de cette dimension : je n'en aurais jamais trouvé le débouché! (*Ils passent derrière un arbre et reviennent sur l'avant-scène où ils tombent tous deux, le bonnet ayant enfin cédé; ils jettent un cri.*) T'es-tu fait mal?

NICODÈME.

Comme vous voyez, et vous?

POIROT.

Moi, je suis blessé.

NICODÈME.

Blessé! où?

POIROT.

Dans mon amour-propre.

NICODÈME.

Il est drôlement placé!

POIROT.

Je suis humilié de voir de quelle manière le diable agit envers nous; il nous traite... tranchons le mot, il nous traite comme deux misérables galopins. (*D'un air attendri.*) Nicodème, veux-tu faire un arrangement nous deux?

NICODÈME.

Quoi? quel arrangement?

POIROT.

Nous sommes bien malheureux! mon pauvre ami, le malheur rapproche les distances; quoique je sois un homme établi et que tu ne sois qu'un vil paysan, je t'élève jusqu'à moi. Si tu veux, nous allons donner à la postérité un exemple doublement touchant d'amitié mutuelle. Nous allons faire comme Oreste et Pylade, deux lapins très-tendres qui vivaient sous l'ancien régime; faisons une assurance contre les calottes, car, mon pauvre

Nicodème, nous sommes dans un pays où il y a plus de donneurs de giffles que de marchands de comestibles.

NICODÈME.

Je m'en aperçois à mes épaules et à mon estomac.

POIROT.

Unissons-nous, moitié partout! Celui qui aura des vivres partagera avec l'autre, celui qui recevra des torgnoles, idem pour idem.

NICODÈME.

Ça va!

POIROT.

Je suis enchanté d'avoir trouvé ça! Tu le jures?

NICODÈME.

Je le jure!

AIR *de la Vieille.*

Vraiment, c'est le ciel qui m'inspire,
Unissons-nous dès aujourd'hui;
Si l' diable contre nous conspire
Eh bien! conspirons contre lui.
Et s'il nous condamne au martyre,
Que chacun d' nous de l'autre soit l'appui.
Devenons frères dès aujourd'hui.
Si nous n'avons qu' du pain et du fromage,
En bons amis nous en f'rons l' partage:
Le bien, le mal, il faut que tout se partage
Les coups d' l âtons aussi bien que l' fromage
Peines, plaisirs, torgnol's et coups de pié,
Entre nous tout sera de moitié;
C'est l' privilége de l'amitié

ENSEMBLE.

Peines, plaisirs... etc., etc.

POIROT.

Je crois que d'après ce traité d'alliance nous pouvons défier maintenant Lucifer.

NICODÈME.

Tout l'enfer! et envoyer messieurs les diables...

POIROT.

A tous les diables!

NICODÈME.

C'est ça, à tous les diables!

En ce moment, un énorme fantôme sort des entrailles de la terre, se place entre les deux personnages, les enlève par les cheveux ou par les oreilles, et les emporte au milieu des cris de détresse que poussent ces malheureux!..

Le théâtre représente une riche habitation appartenant à Dahlia: un jardin charmant, des fleurs indigènes les plus rares, des berceaux de bambous, des cascades naturelles. Au changement, Dahlia et Bijou richement vêtus sont assis à gauche dans un joli berceau et fument; des bayadères exécutent des danses indiennes au son des instrumens du pays joués par des esclaves; une cantatrice, espèce d'almée, chante les vertus et la beauté de Dahlia. Tout en un mot est animé et gracieux, des parfums délicieux s'échappent à travers des vases de la Chine placés çà et là.

SCENE VIII.

BIJOU, DAHLIA, ESCLAVES, BAYADÈRES.

CHOEUR.

AIR *des Fiancés de Robin des Bois.*

Amans heureux, que les amours
Suivent partout vos traces,
Et que les grâces
Embellissent vos jours.
Oui, le ciel, j'espère,
De cet hymen prospère
Protégera le cours.

BIJOU.

Il est donc bien vrai que tu m'aimes et que je vais devenir ton époux!

DAHLIA.

Oui; et quand moi, la plus riche héritière de l'Inde, je consens à te donner ma main malgré la loi du pays qui me défend de m'unir à un étranger, j'ai lieu d'espérer que tu abjureras tes erreurs passées, et que tu rentreras dans la voie de la sagesse.

BIJOU.

Toujours la sagesse! Il me semble que ce mot ne devrait pas sortir d'une bouche aussi jolie!

DAHLIA.

Comment, mon ami, au moment de te marier, ce mot-là te fait peur?

BIJOU, *malignement.*

J'espère bien te le faire oublier.

DAHLIA.

Je te laisse pour m'assurer que les préparatifs de la fête sont terminés.

BIJOU.

Ne me fais pas trop attendre ton retour; la fête sera brillante, n'est-ce pas, mon ange? j'aime le bruit, le mouvement, les plaisirs! il me faut des sensations vives et variées!

DAHLIA.

Tu seras satisfait.

Il la baise au front.

CHOEUR DE ROBIN DES BOIS.

LES JEUNES FILLES, *en s'éloignant.*

Amans heureux, que les amours } *(Bis.)*
Suivent partout vos traces, }
Et que les grâces
Embellissent vos jours.
Oui, le ciel, j'espère,
D'une heureuse carrière.
Protégera le cours.

CHOEUR.

Amans heurux, etc., etc.

SCENE IX.

BIJOU, *seul.*

Je vais donc me marier aujourd'hui! dans une heure, je vais m'enchaîner pour toujours! Ce mot a quelque chose qui glace! C'est singulier! j'aime Dahlia, je suis heureux auprès d'elle; mais, dès qu'elle me quitte, je sens comme des regrets; j'éprouve une tristesse vague qui ressemble presque à l'ennui! Domingue me l'a bien dit, qu'on se lasse de tout, même du bonheur! Une fois marié, plus de voyages, plus d'aventures! il faudra rester près de ma femme. Je crains que ce ne soit pas amusant! J'aurai des richesses, des honneurs, en un mot plus rien à désirer. Toujours faire la même chose, ce sera bien monotone.

Air : *Si tu voyais mon Andalouse.*

Plaisirs bruyans de mon enfance!
Il faudra bientôt vous quitter
Au sein même de la puissance!
Doux charmes de l'indépendance,
J'ai bien peur de vous regretter.
Amour, il n'est rien que tu n'oses!
Tu veux arrêter mon essor;
De mon cœur en vain tu disposes.
Quand les chaînes seraient de roses,
Elles me blesseraient encor.

Plaisirs bruyans de mon enfance! etc.

SCENE X.

BIJOU, SATANOR, *sous le costume d'un vieux bonze.*

BIJOU.

Inutiles regrets! cette délicieuse demeure réunit tout ce qui peut plaire aux regards; mais ce n'est pas moins une prison, car Dahlia seule en possède les clefs... et je ne puis sans elle ou sans son aveu... ah! si Domingue était là!... lui si ingénieux, si adroit... il m'offrirait bien vite le moyen...

SATANOR, *soulève une dalle de marbre; il paraît à mi-corps, il est plié en deux et marche à l'aide d'un bâton.*

Pardon, jeune homme, d'avoir troublé ta solitude.

BIJOU.

Tu m'as fait peur!

SATANOR.

Ce n'était pas mon intention.

BIJOU.

Qui es-tu?

SATANOR.

Un vieux bonze qui viens de parcourir à pied tout le continent oriental.

BIJOU.

Tu es bien heureux!... Mais comment es-tu entré dans ce palais où nul étranger ne pénètre?

SATANOR.

Je côtoyais lentement la terrasse du jardin, quand une porte basse, pratiquée dans la muraille, s'est offerte à ma vue; je suis entré dans un corridor souterrain et n'ai point tardé à me trouver sous ce pavé de marbre.

BIJOU.

Sois le bien venu! Quand on a voyagé, on a beaucoup vu, on en sait beaucoup aussi. J'ai besoin de conseils, ton âge et ton expérience pourront m'être utiles.

SATANOR.

Parle, je suis prêt à te servir.

BIJOU.

Je m'ennuie.. que dois-je faire pour dissiper la mélancolie qui m'afflige?

SATANOR.

Voyager. A ton âge on a besoin de mouvement.

BIJOU.

Certainement, le bruit, l'activité, voilà ce qui convient à la jeunesse.

SATANOR.

Sans doute!

BIJOU.

Eh bien! le croiras-tu? on veut me marier, et j'ai seize ans à peine.

SATANOR.

C'est trop tôt.

BIJOU.

C'est ce que je me disais tout-à-l'heure.

SATANOR.

Continue le plus long-temps possible à jouir des douceurs du bel âge... il est toujours temps de se donner des chaînes. Cette folie est la plus dangereuse et surtout la plus triste de toutes celles qui affligent l'humanité.

BIJOU.

Je pense absolument comme toi... j'adore le plaisir sous quelque forme qu'il se présente, le jeu, les festins, la danse...

SATANOR, *lui montrant une gourde.*

Sans en excepter ce délicieux nectar...

BIJOU.

Ce plaisir si vif, dit-on, Dahlia me le défend.

SATANOR.

Il paraît qu'elle exerce sur toi un empire bien absolu? Prends garde : la dignité de l'homme ne lui permet pas de s'assujettir aux caprices d'un sexe qui lui est inférieur en tout.

BIJOU, *fièrement.*

Je n'en suis pas là.

SATANOR.

Cependant tu n'oses boire. parce qu'elle te l'a défendu.

BIJOU, *piqué.*

Je n'ose? donne!...

Il prend une coupe de cristal sous le berceau.

Air : *Verse, verse le vin de France.*

Nargue de la froide raison,
Cette radoteuse m'ennuie,
Elle tient mon ame en prison;
Je lui préfère la folie! (*Bis.*)
C'est à table qu'est le plaisir,
Là le passé n'est plus qu'un songe!
Le passé ne peut revenir,
Si le présent n'est qu'un mensonge,
Ah! que l'ivresse le prolonge!
Non, le présent n'est point un songe,
C'est la porte de l'avenir.

Il tend sa coupe et légèrement ivre encore.

DEUXIÈME COUPLET.

On peut oublier en buvant
Le faux ami qui vous délaisse;
On oublie aussi que souvent
On est trahi par sa maîtresse (*bis*).
Oui, tout s'embellit à nos yeux,
En rose alors tout se colore,
Plus de désirs ambitieux,
Pas un regret qui nous dévore,
Peines, chagrins, tout s'évapore;
Verse, ami, verse, verse encore,
C'est l'ivresse qui rend heureux!

SATANOR, *à part.*

Le voilà comme je le voulais.

BIJOU, *chancelant.*

C'est singulier, il me semble que ma tête s'enflamme, que mon imagination s'exalte... Oh ! que je voudrais être sur un beau vaisseau qui me porterait au bout du monde, qui me conduirait dans des climats nouveaux !

SATANOR.

Qui t'en empêche ?

BIJOU.

Puisque je vais me marier: en quittant ces lieux je craindrais d'affliger ma bienfaitrice, celle qui m'a recueilli quand j'étais malheureux ; et puis, je l'aime.

SATANOR.

Bah ! tu le crois... tu prends pour de l'amour un caprice, un goût éphémère.

BIJOU.

Que je serais heureux de recommencer mes caravanes, d'avoir des aventures romanesques, car moi, je suis né pour les grandes choses ; on me l'a toujours dit.

SATANOR.

Ce n'est pas en restant ici que tu les accompliras.

BIJOU, *s'animant.*

Oh ! si je pouvais m'en aller ! mais je suis gardé à vue. Dahlia, qui connaît mon caractère léger, me tient enfermé dans ce palais.

SATANOR.

Elle te traite donc comme un enfant ?

BIJOU, *s'exaltant un peu.*

Au fait, je suis mon maître, je ne vois pas pourquoi on me retiendrait ici de force.

SATANOR.

A la bonne heure ! voilà parler en homme !

BIJOU, *toujours plus échauffé.*

Si je veux m'en aller, moi, que m'importent les richesses et les honneurs sous lesquels on veut cacher mes chaînes ?... tout cela ne vaut pas l'indépendance... Oh ! l'indépendance ! pour moi, c'est le vrai bonheur, c'est l'air, c'est la vie ! Mais toutes les issues sont gardées; comment sortir ?

SATANOR.

En mettant le feu au palais.

BIJOU, *revenant à lui.*

Oh ! quelle horreur ! ruiner ma bienfaitrice !

SATANOR.

Ses richesses sont immenses, elle en fera rebâtir un autre.

BIJOU.

Exposer sa vie peut-être.

SATANOR.

Ses esclaves la garantiront. Courage, jeune homme, avant tout la liberté ! buvons à ta délivrance !

BIJOU.

Oui, buvons à ma délivrance.

Il tend la coupe, Satanor verse; chantant.

Quel bonheur de quitter ces lieux !
Qu'importe qu'ici l'on m'adore,
Au loin je serai plus heureux,
Pas un regret qui me dévore.
Peines, chagrins, tout s'évapore.
Verse, ami, verse, verse encore,
C'est l'ivresse qui rend heureux.

En chantant ces derniers vers, Bijou lève la coupe en l'air, Satanor se tient derrière et fait un geste diabolique, la coupe s'enflamme et le feu prend au berceau de bambous.

SATANOR.

Voilà ce que je voulais.

BIJOU, *se retourne et voit l'incendie s'étendre avec rapidité vers le bâtiment principal.*

Ah ! malheureux ! qu'ai-je fait ? Dahlia ! ma bienfaitrice ! au secours ! au secours !

Il sort en courant.

SATANOR.

Il est trop tard... cette étincelle va produire un incendie général.

Satanor fait une conjuration ; des monstres traversent les airs en vomissant des flammes ; d'autres s'élancent des entrailles de la terre ; la dalle qui a livré passage à Satanor quitte le sol et se change en colonne de feu, du haut de laquelle Satanor préside à cette scène infernale ; le jardin, le palais, tout est en feu ! l'édifice disparaît ; et à la place, on ne voit plus qu'un vaste incendie. Bijou rentre avec les esclaves, portant des vases et des seaux.

CHOEUR.

Au feu ! au feu ! au feu !
Sonnez les cloches de détresse !
Quel malheur ; ah ! grand Dieu !
Le palais est en feu !!!

Bijou se jette à travers les flammes et sort en courant du côté du palais ; les esclaves qui restent en scène vont puiser de l'eau à une cascade naturelle, placée à droite, et courent la jeter sur les parties enflammées ; mais Satanor commande, et par son affreuse puissance, l'eau se change en feu. C'est de la lave en fusion que l'on jette. Tumulte, cris, désordre, perturbation générale.

ACTE QUATRIEME.

Le théâtre représente des ruines éclairées par la lune.

SCENE PREMIÈRE.

SATANOR, UN BOHÉMIEN, PLUSIEURS BOHÉMIENS, ET BOHÉMIENNES.

CHOEUR.

AIR : *Versez donc, mes amis, versez.*

Bohémien !... marche toujours...
L'univers est ton tributaire ;
Sans soucis de tes heureux jours
Poursuis toujours,
Toujours le cours.

UNE JEUNE BOHÉMIENNE.

Trouvant le plaisir en tout lieu,
Au hasard jetés sur la terre,
Qu'avons-nous besoin d'autre Dieu
Que le soleil qui nous éclaire ?

CHOEUR.

Bohémien !.. etc., etc.

LA JEUNE BOHÉMIENNE.

Ainsi que les brouillards du ciel,
Puisque le bonheur s'évapore,
Chez nous point de joug éternel :
L'hymen s'enfuit quand vient l'aurore.

CHOEUR.

Bohémien !.. etc., etc.

SATANOR, *sous le costume de chef de bohémiens.*

C'est bien, enfans, chantez, chantez, cela fait paraître le temps moins long.

UNE BOHÉMIENNE.

Dis donc, maître, cet endroit me paraît pittoresque, nous y pourrons planter nos tentes.

SATANOR.

Je ne vois rien qui nous empêche d'y demeurer quelque temps.

Les bohémiens s'asseyent, vont et viennent.

SCENE II.

LES MÊMES, POIROT, et NICODÈME, *amenés par plusieurs bohémiens.*

UN BOHÉMIEN.

Allons ! allons !... marchez !... et plus vite que ça !...

NICODÈME.

On marche le plus vite qu'on peut ; on n'a pas des jambes de rhinocéros.

POIROT, *bas à Nicodème.*

Ah ! mon pauvre Nicodème !... je ne connais pas ces gens qui nous ont arrêtés ; mais ils ont un physique bien peu flatteur.

NICODÈME.

Vous avez voulu venir en Écosse.

POIROT.

Faisant naufrage sur ses côtes, il n'y avait pas moyen d'aller ailleurs... mais il y a une chose qui me rassure, vois-tu ? c'est que si ces gens-là sont du pays, j'ai de fortes raisons de croire que ce sont des Écossais.

NICODÈME.

Parbleu !

POIROT.

Et alors, étant Écossais, ils doivent être fiers, étant fiers, ils ne doivent pas nous maltraiter : ce serait une platitude de leur part.

SATANOR, *d'une voix forte.*

Que dites-vous là ?

POIROT.

Rien, commandant !

NICODÈME.

A-t-il une voix, celui-là !... si un homme comme ça ne serait pas mieux chantre dans une cathédrale que chef de voleurs !

SATANOR.

Approchez !

POIROT.

Volontiers ! (*A part.*) Je tremble comme si j'étais en chemise, par quinze degrés de froid sur le Pont-au-Change.

Poirot et Nicodème s'approchent de Satanor.

SATANOR, *à Poirot.*

Quel lieu habites-tu ?

POIROT.

Paris, la rue Saint-Denis.

SATANOR.

Et que viens-tu faire dans les montagnes de l'Écosse ?

POIROT.

Je me promenais comme un bonnetier qui cherche son fils...

NICODÈME.

Et ses bonnets de coton, car il a perdu l'un et les autres.

POIROT.

Le diable s'est mêlé de mes affaires ; vous en seriez touché si je vous disais les guignons dont je suis abreuvé. Un malheureux père qui court les mers ! un homme qui est réduit aux conditions d'un Juif errant, moins les cinq sous en question, et tout cela en compagnie de ce malheureux !... jugez de mon agrément.

SATANOR.

Je ne me paye point de vos sornettes : ignorez-vous qu'une fois parmi les bohémiens, on ne peut plus les quitter? Pour vous punir d'avoir osé pénétrer au milieu de nous, vous mériteriez la mort; mais je vous fais grâce, je ne vous inflige que les épreuves en usage parmi nous.

POIROT.

Est-ce difficile à exécuter?

SATANOR.

Tu en jugeras. (*Aux bohémiens.*) Emparez-vous de ces deux intrigans, et qu'on expédie cela promptement.

CHOEUR DES BOHÉMIENS.

AIR *de Guillaume.*

En avant! les épreuves
Sur chaque voyageur!...
Qu'ils nous donnent des preuves
Et d'honneur
Et de cœur.

LE BOHÉMIEN.

Sur-le-champ qu'on embroche
Ce stupide vieillard!

POIROT, *suppliant.*

Je s'rai mis à la broche,
Ils m'trait'nt comme un canard.

LE BOHÉMIEN.

En avant! les épreuves, etc., etc., etc.

POIROT, *chancelant.*

Soutiens-moi, Nicodème, mon courage est à son terme, je déménage; et toi, comment vas-tu?

NICODÈME.

Comme vous voyez, monsieur Poirot... Ah! je ne vous survivrai guère, je suis arrivé sur les frontières de la vie... C'est dommage: si je pouvais avoir seulement la moindre chose pour me rafraîchir.

LE BOHÉMIEN.

Voilà deux œufs frais pour vous deux.

POIROT.

Oh! brave bohémien! oh! bohémien recommandable!

Ils prennent chacun un œuf qu'ils frappent l'un contre l'autre; à l'instant le feu part; Poirot et Nicodème effrayés les jettent au loin.

NICODÈME.

Ah! mon pauvre monsieur Poirot, c'est ici que nous finirons! Je serais d'avis de commander nos obsèques.

POIROT.

Le fait est, mon pauvre ami, que six mille livres de rente n'importe où seraient plus agréables que le métier que nous faisons depuis que nous avons quitté nos lares. Nous sommes les jouets du destin, de véritables jouets! tels qu'on les fabrique en Allemagne. Je suis très-humilié de ce qui m'arrive.

LE JEUNE BOHÉMIEN.

Maître! ces deux voyageurs paraissent avoir besoin de se réconforter, si tu remettais à demain la suite des épreuves?

UN BOHÉMIEN.

Au fait, il n'est pas nécessaire de les détruire aujourd'hui, on les achèvera aussi bien demain.

SATANOR.

Soit: il faut que tu nous serves d'espion. Tu vas aller à la découverte, et voir s'il n'y a pas de gardes dans les environs. Qu'on lui amène un cheval.

NICODÈME.

Un cheval! C'est que je ne suis pas très-fort... Dans mon pays, j'ai monté un grand nombre d'ânes; mais pour le cheval...

SATANOR.

On va te donner des bottes qui te faciliteront...

NICODÈME.

A la bonne heure! (*On lui apporte une paire de bottes. La première est trop étroite, il la fait craquer; il essaie la seconde, elle grandit démesurément; il finit par y entrer tout entier.*) Celle-là est un peu large. (*Il passe la tête au-dessus de la botte.*) Père Poirot, je la trouve réellement trop large.

POIROT.

C'est la réflexion que je faisais.

NICODÈME, *sortant de la botte.*

Décidément, j'aime mieux m'en passer.

SATANOR.

Tu n'es qu'un poltron; mais comme nous avons perdu hier un mulet, je t'accorde la survivance: tu vas nous aider à transporter nos effets.

NICODÈME.

J'aime mieux ça.

UN BOHÉMIEN.

Prends ce pot-à-beurre, ces deux soufflets et ces deux tuyaux, et en route.

Nicodème fait un paquet de tous ces objets... à peine les a-t-il réunis qu'ils s'en vont tout seuls.

NICODÈME.

Un ancien roi des sauvages! quelle ignominie!

Ici on entend du bruit au dehors.

SCENE III.

LES MÊMES, UN BOHÉMIEN.

LE BOHÉMIEN.

Alerte! alerte! nous sommes découverts! les gardes écossaises sont à nos trousses.

SATANOR.

Pas de crainte, ils ne nous trouveront pas.

Au signe de Satanor toute la troupe qui s'est levée subit une métamorphose généralle. Au lieu de bohémiens, on voit une troupe brillante de seigneurs, de dames, d'écuyers et de pages réunis pour une chasse.

CHOEUR.

AIR *de Robin des Bois.*

Partons! qu'à sa voix
Le cor se fasse entendre;
Tous il faut nous rendre
Au fond des bois!
Gaîment de la chasse
Observons toujours les lois.
Poursuivons la trace
Du cerf aux abois;
Le cor nous appelle;

Que chacun, fidèle,
Se livre avec zèle
A son noble essor;
La meute affamée,
D'ardeur animée,
Suit sous la ramée
Le signal du cor.
Tra, la, la.

Ils s'éloignent en chantant.

SCENE IV.

Le théâtre change et représente un délicieux boudoir chez Dahlia : des tentures de cachemires, des vases de la Chine, et., etc.

DAHLIA, *entre en rêvant.*

Elle tient un livre à la main, et semble méditer un passage.

En vain Confucius et Zoroastre, ces premiers législateurs du monde, me conseillent l'indulgence, je repousse leurs préceptes, je méconnais leurs voix éloquentes pour me livrer à mon juste ressentiment. Je ne suis plus une divinité, je ne suis plus la sagesse. C'est sous la forme d'une simple mortelle que j'ai reçu de cet ingrat une injure personnelle impardonnable. Heureuse de sa docilité, et fière de mon ouvrage, je le croyais digne de moi. Il avait éveillé dans mon cœur un sentiment inconnu jusqu'alors. Un jour encore, et il devenait le maître absolu de ma personne, de mes richesses! le monstre! je le hais maintenant, je le méprise autant que je l'aimais.

Air *de Téniers.*

Comblé des dons de ma main protectrice,
Il trompe ainsi, déshonorant mon choix,
Son amie et sa bienfaitrice...
C'est être coupable deux fois.
On voit souvent l'homme infidèle
Se rire, hélas!.. du serment qu'il a fait.
Si l'on pardonne à qui trahit sa belle,
Qu'il soit flétri s'il oublie un bienfait!
Honte éternelle à l'oubli des bienfaits!

SCENE V.

DAHLIA, UNE ESCLAVE.

L'ESCLAVE.

Dahlia, une femme couverte des livrées de la misère se présente à l'entrée du palais, et demande instamment la faveur d'être admise auprès de vous; elle paraît étrangère à notre pays et à nos usages.

DAHLIA.

Tu peux l'introduire.

SCENE VI.

DAHLIA, Mme POIROT.

Mme POIROT.

Si j'en crois la renommée, jeune et belle Dahlia, vous êtes la plus vertueuse et la plus sage des vierges du Gange... Je viens donc avec confiance déposer dans votre sein les douleurs d'une mère au désespoir, et solliciter votre appui, sans lequel je n'ai plus qu'à mourir.

DAHLIA.

Dites-moi vos malheurs, ne craignez pas de m'y trouver insensible.

Mme POIROT.

La France m'a vue naître. J'y étais établie, non pas selon le vœu de mon cœur, mais ainsi que l'avaient exigé des convenances de familles; après sept années de mariage, le ciel m'avait accordé un fils. Objet de mes plus tendres affections, il faisait mon bonheur et ma joie; sur lui reposaient toutes mes espérances... Hélas! à peine adolescent, je vis avec effroi se développer en lui des penchans vicieux; il devint sourd à mes remontrances, à mes prières; enfin, que vous dirai-je? il abandonna le toit paternel, et pendant longtemps je crus l'avoir perdu sans retour.

DAHLIA.

Pauvre mère!...

Mme POIROT.

Après bien des recherches et bien des larmes, j'apprends qu'il est dans ce pays, que vous avez daigné lui tendre une main protectrice, et que vous n'avez trouvé en lui que de la froideur et de l'ingratitude; j'apprends que sa vie est menacée par la loi, vous seule pouvez le sauver... daignez écouter ma prière: c'est une mère en pleurs qui vous supplie pour son enfant.

DAHLIA.

Bonne mère! vos malheurs m'ont émue; je vais vous conduire à la prison de votre fils. Une dernière épreuve décidera si je dois vous le rendre ou l'abandonner au sort qu'il a mérité.

Elles sortent.

SCENE VII.

BIJOU, *assis sur une natte de jonc.*

Demain je dois paraître devant mes juges; ceux-là ne puniront que l'incendiaire, mais l'ingrat!... celui qui a trahi l'honneur, qui a payé le bienfait par l'outrage, quelle sera sa peine? le remords, la honte... Pour n'être pas public, ce châtiment n'en sera pas moins affreux. Voilà donc où m'a conduit une faiblesse pour ce perfide compagnon de mes débauches, ce guide infernal qui m'a constamment égaré depuis le jour funeste où il s'est attaché à moi? Le vice m'a conduit au crime, et je ne suis plus maintenant qu'un objet d'opprobre... O ma mère!... heureusement le bruit de mes déportemens ne parviendra jamais jusqu'à toi.. Pauvre mère!... elle en mourrait sans doute... Que vois-je?

Air *du Muletier.*

Est-ce donc un présage heureux?
De crainte mon regard se voile...
Quelle est donc, quelle est cette étoile
Qui vient scintiller à mes yeux?
Eh! mais elle a grandi déjà!
O ciel! n'est-ce point un prestige?

Oui ! je crois reconnaître... ah! grand Dieu! quel prodige!
L'asile maternel... je la vois ; elle est là,
Oui, c'est ma mère..... la voilà !

Il se jette à genoux ; la musique continue piano jusqu'à la fin de la scène. En ce moment la flamme bleue parcourt sa prison... Un point lumineux presque imperceptible brille au fond et s'agrandit insensiblement jusqu'à laisser voir dans un tableau magique une petite chambre dans laquelle Mme Poirot est assise sur un fauteuil de malade.

SCÈNE VIII.

BIJOU, Mme POIROT.

BIJOU.

Que vois-je ? c'est elle !... O mon Dieu ! sa pâleur, ses traits sillonnés par le chagrin !... Malheureux ! voilà ton ouvrage. (*Il se jette à genoux devant le tableau.*) O ma mère, pardonne ! si tu pouvais voir mes regrets, tu croirais à mon repentir, à mes remords; tu m'accorderais un pardon généreux ! Que ne puis-je arrêter ta vie qui s'échappe !... Mon Dieu ! prends mes jours et conserve ceux de ma mère.

Il sanglote et tombe prosterné vers la terre.

SCENE IX.

DAHLIA, BIJOU, SATANOR.

Un bruit de verroux et de clefs se fait entendre ; le tableau diminue, se réduit à un point lumineux et finit par disparaître.

SATANOR, *vêtu en geôlier.*

Holà ! jeune prisonnier, que fais-tu donc ainsi prosterné ?

BIJOU.

J'implore mon pardon.

SATANOR, *avec un rire infernal.*

Et de qui ?

BIJOU.

De ma mère.

SATANOR, *continuant à rire.*

Bah ! bah ! a-t-elle demandé ton aveu pour te lancer dans la vie? Tu as usé à ta fantaisie du présent qu'elle t'a fait, tu n'en dois compte à personne.

DAHLIA, *paraissant à la place de la flamme bleue.*

Loin de toi cet esprit corrupteur, qui depuis ton enfance a su prendre tous les masques pour te perdre... Vois-le donc enfin sous sa véritable forme.

Au signe de Dahlia, ses vêtemens de geôlier disparaissent, et l'on ne voit plus à la place que Satanor dans sa hideuse nudité; Bijou est effrayé.

SATANOR.

Tu te flattes de m'arracher ma proie.

DAHLIA.

Paix, Satan !... la sagesse est l'image de la divinité... humilie-toi devant elle.

SATANOR.

Satan s'humilier !...

DAHLIA.

Je te réduis au silence !

Satanor ne pousse plus que des cris étouffés; sa rage est au comble ; il grince des dents, il menace Bijou, qui s'éloigne ; Satanor s'élance, et veut l'enlacer de son bras nerveux ; Dahlia s'avance noblement vers Satanor, qui recule comme un enfant; il disparaît pour se montrer bientôt auprès de Bijou, qu'il saisit à bras-le-corps et qu'il entraîne.

BIJOU.

Défends-moi, Dahlia !

DAHLIA.

Monstre ! retourne aux enfers, le ciel te l'ordonne.

Satanor, dans les dernières convulsions de la rage, s'engloutit au milieu des flammes.

BIJOU.

O ma bienfaitrice !

DAHLIA.

Tu le vois, l'oubli des devoirs a failli te conduire à ta perte... ton cœur n'était qu'égaré, je te pardonne, tu succéderas à mon père. Suis-moi, je vais te mettre en possession de son riche héritage.

BIJOU.

Mais sa fille que j'ai tant offensée?

DAHLIA.

Elle est à toi ! sois toujours fidèle à la sagesse.

BIJOU.

Je te le jure.

Il se relève, lui baise la main ; ils sortent ; le théâtre change et représente l'entrée d'une ville considérable de l'Inde, vue à vol d'oiseau ; une foule immense se précipite au devant du cortége de Dahlia et de Bijou, portés sur un riche palanquin et entourés d'une cour brillante; gardes, bayadères, prêtres tout concourt à cette grande solennité; Poirot et Nicodème arrivent conduits par une esclave de Dahlia.

POIROT.

Mam'selle ou madame, je ne sais pas au juste, c'est bien éventuel, faites-moi la grâce de me dire où nous sommes.

L'ESCLAVE.

Vous êtes aux portes de Titchinopoli.

POIROT.

Hein ?

NICODÈME.

Comment que vous dites ça ?

L'ESCLAVE.

Titchinopoli.

POIROT.

Le petit Chinois poli ?

L'ESCLAVE.

Eh non ! Titchinopoli.

POIROT.

Qu'est-ce que ce peut être cet endroit-ci ?

L'ESCLAVE.

Une des principales villes de l'Inde, dont le souverain a désiré vous voir.

POIROT.

Me voir, moi ?

NICODÈME.

C'est peut-être la reine des singes qui veut m'épouser ?

L'ESCLAVE.

Du tout, notre belle souveraine épouse un jeune prince de votre famille.

POIROT.

De ma famille ? le prince Poirot? qui diable ce peut-il être? Jusqu'ici j'ignorais la dynastie des Poirots..

L'ESCLAVE.

Vous allez voir, rangez-vous, Européens... les illustres époux vont faire leur entrée dans leur capitale.

Marche. Dahlia, Me Poirot et Bijou, sont portés sur un riche palanquin.

POIROT.

Dis donc, Nicodème, regarde cette grosse mère qui est là sur cette mécanique ; c'est singulier ! comme elle ressemble à Mme Poirot ! Ne trouves-tu pas ?

NICODÈME.

C'est vrai !

Mme POIROT.

Mon ami !...

POIROT.

Ma femme ! quelle aventure ! elle est encore très-bien ! je suis content de la voir. (*Voyant Bijou.*) Tiens ! et lui aussi ? v'là mon Bijou retrouvé ! c'est ma foi lui qui est le prince... (*Il tombe à genoux.*) O grand Chrysostome ! tu l'avais bien prédit ! quel dommage que cet homme-là soit mort ! sans cet événement-là, je l'inviterais à la noce.

On descend du palanquin.

DAHLIA.

Embrassez votre père ! Cédant à un pouvoir supérieur, Bijou a commis bien des fautes ; mais son cœur n'était pas corrompu ; il rentre aujourd'hui dans les voies de la sagesse.

BIJOU.

Pour ne plus les quitter.

Mme POIROT.

Je suis sa caution.

POIROT.

Alors tu es madame mère, je suis monsieur père ; et lui, qu'est-ce que nous en ferons ?

NICODÈME.

Il y a ici du porc et des oignons ? Quelle bêtise ! qu'est-ce qui ne connait pas les cochons-d'Inde ! Je demande la place de chef de cuisine.

BIJOU.

Je te l'accorde !

Ici Mme Poirot et Poirot subissent une métamorphose brillante ; Nicodème est travesti en marmiton, et tient un cochon de lait sous son bras, et une grosse botte d'oignons sous l'autre.

NICODÈME.

Les voilà ! je les tiens ! J'attrape enfin le bonheur de ma vie.

BIJOU.

AIR *de Préville et Taconnet.*

Envers Bijou serez-vous donc méchant ?
Non : dans mon cœur un rayon d'espoir brille.
Car de Paris vous êtes tous enfans,
Et Bijou, près de vous doit se croire en famille.
Devenez donc mes guides, mes appuis ;
Oh ! j'ai besoin de vos soins tutélaires !
Comme Joseph, que l'enfant de Paris
Ne soit point trahi par ses frères !

FIN.

Imprimerie de Ve DONDEY-DUPRÉ, rue Saint-Louis, n° 46, au Marais.

www.ingramcontent.com/pod-product-compliance
Ingram Content Group UK Ltd.
Pitfield, Milton Keynes, MK11 3LW, UK
UKHW021118290826
14628UKWH00014B/2661

9 782019 663278